綾姉

～奪われた幼馴染～

酒井仁
原作／こっとん堂　挿絵／猫丸

KTC KILL TIME COMMUNICATION

Contents

目次

登場人物　*Characters*

桜庭 綾香
（さくらば あやか）

コウタが想いを寄せる年上の幼馴染。面倒見のよいお姉さん気質でプロポーションも抜群。

山田 コウタ
（やまだ こうた）

綾香に対して自信のなさから恋心を打ち明けられず、悶々とした日々を過ごしている。

馬場 鉄夫
（ばば てつお）

坊主頭のブサイク顔だが、親の財力と行動力で見た目に反して女子を次々とゲットするヤリチン男。

プロローグ

「だぁ～っ！　なんで起こしてくれなかったんだよ～っ！」

　口の中のトーストを牛乳で流し込むと、山田《やまだ》コウタはいつもの愚痴を母親に漏らした。

「何回も起こしたわよ、アンタが起きないだけでしょ」

　母親はどこ吹く風で受け流し、息子を振り返りもせず洗いものをしている。

　母の言うことももっともだ。目覚ましが鳴ってもぐずぐずしているコウタが悪いのだから、これ以上愚痴ったところでしょうがない。コウタは諦めて制服のネクタイを締め、玄関に向かう。

（ちぇっ、このネクタイにはまだ馴染めないなぁ。こんなのホント面倒くさいったらないよ）

　中学の頃は詰襟の学生服だったので、こんな苦労もなかった。コウタが毎朝遅刻しそうになるのは、このネクタイのせいもあるかもしれない。それでも父親が締めるようなネクタイをすると、少し大人になったような気分になる。

なんといっても自分はもう高校生なのだから。

「ああもうっ！　また遅刻だよっ！　ったくも～」

これも毎朝恒例になっているぼやきを口にしながら靴を履き、玄関を出るとぷぷっ、という笑い声が投げかけられた。

それも若い少女の笑い声だ。それが誰だか十分わかっていながら、コウタは隣家の方を振り返った。

「コラ～っ。コウタぁ！」

「えっ」

早朝の爽やかな風に、長い黒髪がなびいていた。

前髪にはピンク色の愛らしいカチューシャ、その下には悪戯《いたずら》っぽい瞳が微笑んでいた。口元に浮かんだ笑みは、明らかに少年をからかっているような稚気を感じさせるが、その顔は稚気どころか思わず見とれてしまうほどの美貌《びぼう》。

誰もが思わず振り返ってしまうほどの美少女。見慣れているはずなのに、少女の美しさは日々増していくばかりだ。

（毎朝見てるのに……やっぱり綺麗だ）

「あ、綾姉《あやねえ》……」

両手に軽く腰を当てて佇《たたず》んでいる少女の名は桜庭綾香《さくらばあやか》。コウタより二つ年上の高等部三年生だ。

少女が着ているブレザーは紺色で、コウタのものとは違う。緋色のネクタイに胸ポケットの校章は、少女がとある名門私立校の学生であることを示している。

いや、制服よりも目を引くのは、その校章を不自然なまでに持ち上げている少女の胸元だった。はち切れんばかりのボリュームに、コウタの胸がドキリとする。

（綾姉、また胸大きくなったんじゃないか）

いけないとわかっていてもコウタの目は綾香の胸元から徐々に下がっていく。

綾香の豊満な肉体に目を奪われるコウタ。腰はきゅっとくびれており、まるで雑誌モデルのようだ。そしてその下、スカートに包まれたヒップ周りはむっちりと肉厚で、そこからすらりと伸びた脚は驚くほど長い。

一応パンストは穿いているものの、スカート丈は少し短め。どうかするとスカートからちらちら覗く太腿の量感がたまらない。

しかもそれだけのプロポーションを持ちながら、少女には目の覚めるような清潔感があった。これまで何百回と見てきたはずなのに、コウタは毎朝のように綾香の美貌とプロポーションに魅了されてしまっていた。

「相変わらず朝が弱いんだから、しょうがないなあコウタは。あっ、またネクタイ曲がってる。まったく、いつまで経ってもヘタクソなんだから」

「ちょ、ちょっと綾姉」

綾香は通学カバンを足元に置くと、コウタの首元に手を伸ばしてきた。

かいがいしい少女の仕草にコウタの身体が自然と硬直してしまうが、当の本人はなんとも思っていなさそうだ。きゅきゅっと器用にコウタのネクタイを締め直し、歪みを修正する。

「いいよ。自分でできるって」

「できてないから言ってんの。うん、これでよしっと」

そう言って顔を上げると、ふわりと甘い香りがコウタの鼻をくすぐった。

(これってリンスの香りかな。綾姉、朝からシャワーでも浴びてたのかな?)

こんな美少女が朝から全裸でシャワーを……少年のいけない妄想力は、ついつい綾香の入浴シーンを思い描くが、もちろん幼い頃を除いて、コウタが綾香の入浴を見たことなどありはしない。

「なぁに？　朝からアタシに見とれちゃってるの、コウタ」

「そ、そんなわけねえよ。て、てか綾姉こそ遅刻じゃね？」

「ふふ～ん、アタシはいいのよ、学校隣の駅だし。ま、ちょっとギリギリだけどね」

そう言って小さく欠伸《あくび》を漏らす顔もまた愛くるしい。どうやら少女は少し睡眠不足のようだ。そういえばほんの少しだけ、少女からは油絵……テレピン油の独特の香りがした。

「また、絵描いてたんだろ？」

「うん、課題のね」

「頑張るね～」

綾香の家はコウタの家の隣、この関係は二人が生まれた時から続いている。つまりは幼馴染という奴だ。両親同士の仲が良いということもあって、コウタと綾香は姉弟のような関係で同じ時間を過ごしてきた。

幼少の頃の綾香は活発な少女で、毎日コウタと外で遊び回っていた。そのうえ勝気なところがあり、年下の子をいじめている男子にも向かっていく、そんな姐御肌なところもある少女だった。

『キャハハハ、コウタ遅いよ～っ』

『綾姉、待ってよ～』

本当に、知らない大人が見れば間違いなく仲のいい姉弟だと思っただろう。実際、他の遊び友達もそんな感覚でコウタ達を見ていただろうと思う。

それが――――いつからだろう。

綾姉はいつの間にかしとやかな少女になり、やがて絵の道に進みたいと思うようになった。受験の志望校は東京の美大だと聞いている。元より成績優秀な綾香のことだから、合格はまず間違いないだろう。

「あ～あ、いたいけな少年も大人になるのかなぁ。昔は遅刻しそうになって、半泣きでアタシの後ろを追いかけてきてたのに」

「い、今はそんなことしねえよ。俺だってもう大人みたいなもんなんだぜ」

精一杯大人ぶって見せる少年に、しかし少女はくすくす笑う。

「へー、どうだか。あんた、学校でいじめられたらアタシに言いなさいよ。この綾姉ちゃんが助けたげるからさ」

「もう……綾姉はいつも俺を子供扱いするんだからな。そんなお転婆じゃ、いつまで経っても彼氏なんかできないぜ」

「あはははっ」

拗《す》ねた顔を見せるコウタに向けられる笑顔はまさに極上。

活発だった少女の背は伸び、胸は膨らんで、短かった髪もいつしか長くなった。ただ長いだけではない、上質の絹糸のような黒髪は、誰もが羨むほどだ。

それほどに魅力的な少女に成長した綾香に、どうしてコウタが思いを寄せないはずがあるだろうか。いや、もしかしたら少年は、あの幼い頃からずっと綾香に恋をしていたのかもしれない。

(だからって、今更告るなんて無理だよな……)

綾香が美しくなるほどに、コウタの恋心はますます胸の奥にしまい込まれていった。だがそれは当然の流れだったのかもしれない。もし綾香の家がコウタの隣でなかったら。綾香が彼の幼馴染でなかったなら、コウタはきっと綾香の美しさに気圧されて、気軽に話しかけることもできなかっただろう。

綾香が自分から声をかけてくれるのも、こうして肩を並べて駅に行けるのも、自分と綾香が幼馴染だからだ。それを自覚しているからこそ、少年は今のこうした時間が宝石のように貴重で輝いていると思えるのだ。

「ていうかコウタ。あんた急がなくていいの?」

「う」

不意に声をかけられ、心臓が飛び上がる。

「いや、こんだけ遅くなったら、もういっそ開き直ってのんびり登校するのもいいかな～って」

「もう、おばさんに同情しちゃうわ、この遅刻小僧」

そう言ってくすくす笑う綾姉は、いつも通り美しく可愛い。

(もし本当に、俺と綾姉が恋人同士だったら……)

甘い幻想に浸りながら駅に向かっていると、幾つかの声が耳に入ってきた。

「おっ……」

「アレ見ろよ」

「すっげー可愛い子だな」

駅に近づくと、周囲からはそんな声がちらほらと聞こえる。これは別に珍しいことではない。綾姉に視線を向けている男達の視線は、綾香と親しげにお喋りしているコウタにも向けられる。もちろんそれは羨望の眼差しだ。

(もしかして俺達、恋人同士に見えてたりして)

しかし少年の淡い期待は、ただの一瞬で粉砕される。

「アレ彼氏かな？」

「そんな訳ねーだろ。全然釣り合ってねーじゃん」

「弟か何かじゃねーの」

そんなことは、他人に言われなくてもわかっている。

綾香自身もまた、コウタを弟のようにしか思っていないということも。

「じゃあねコウタ。しっかり勉強すんのよ」

「わかってるって。いってらー」

「学校で何か困ったことがあったら、何でも綾姉ちゃんに相談するのよ。じゃーねコウタ」

やがてエスカレーター付近に来ると、綾香は手を振って下のホームに降りていく。

ここからは二人は別方向の電車に乗るのだ。

朝、ほんの僅《わず》かの時間。肩を並べて駅までお喋りしながら歩く、それはコウタにとって特別な時間だった。

それでも。

「…………………」

エスカレーターに乗った綾香の背中がだんだん小さくなる。

たとえ髪しか見えなくても、綾香がどれほど魅力的な美少女なのかは一目でわかる。

微かに揺れるセミロング。意外と薄い肩。くびれた腰。ぷりっとしたお尻と太腿のライン。それだけで男の目を引くのは容易《ようい》に想像できる。

けれど、この距離を自分はどうしても縮められない。

無理に縮めようとすれば、この大切な時間までも崩れてしまうかもしれないから。

少年にはあと一歩を踏み出す勇気がなかった。

（綾姉……もし誰かが綾姉に手を出そうものなら、絶対に俺が綾姉を守るんだ。たとえ綾姉の恋人になれなくても、絶対に）

だが、まさかそんな心配が現実のモノになるなどとは、少年は夢にも思っていなかった。

コウタは綾香の姿がホームの向こうに消えるまで見送っていた。

第一章　予兆

「おい」

荒っぽい口調と共に、コウタの頭に衝撃と痛みが走った。相手が誰かということに気付くと、内心不満を覚えつつ、どこか上目づかいで相手を見上げる自分が情けない。

「馬場《ばば》……くんも、この駅だったの」

駅のホームでうっかり綾香に見とれていたコウタは、背後からの気配に気付かなかった。

「いや、昨夜はちょっと、よそに泊まっててな。それより、お前誰見てたんだよ。あのセミロングの美人って誰よ」

よりによってこいつに見られていたとは、とコウタは歯がみをした。

彼の名は馬場鉄男《てつお》。コウタと同じ高校の男子生徒だ。しかしコウタよりも身長が高く、体格もいい。

（それになんでこいつはいつも偉そうなんだよ。俺はお前の子分じゃないぞ）

「コラ、お前は俺の話を聞いてんのかよ」

「ゴ、ゴメン……」

ごまかすようにうす笑いを浮かべる自分が本当に嫌だが、相手はコウタより体格がいいだけではなく、坊主頭がさらに迫力を増していて、目つきも鋭い。

付き合い自体はかなり長いといってもいいが、彼はこの少年が好きではない。むしろ鬱陶しいし付き合いたくないとさえ思っている。なのになぜこう朝っぱらから頭を小突かれるかというと、昔から馬場はコウタをまるで子分かパシリのように扱っているからだ。

「もしかして……さっきのって桜庭綾香？　なあそうだろ」

そうだ、実は馬場と綾香には面識がある。

コウタが馬場にからかわれていると、いつもコウタを助けてくれたのが綾香だったのだ。綾香も当時は今よりずっとお転婆で、相手が体格のいい男子でも平気で突っかかっていた。

「そっか～、あの桜庭綾香がまさかあんな美人になぁ。朝からいいもん見せてもらったぜ」

そう言ってにやにや笑う馬場が不快でたまらない。しかし坊主の少年は馴れ馴れしくコウタの肩を抱いて一緒に学校に向かって歩き出す。

「なぁコウタ。ちょっとためになる話をしてやろうか。ああいう美人にはな、落とすテクニックってのがあるんだぜ」

「な、何言ってんだよ」

そう言ってにやにや笑う顔がさらにむかつくが、それを表情に出すことはない。

(ちぇっ……今朝、綾姉に会った時のいい気分が台なしだよ。それに、綾姉を落とすとかおかしなこと言うなよ)

綾香がコウタにとって清涼剤だとすると、馬場は不快しかもたらさない害虫のようなものだ。だがそんな害虫男の子分扱いされている自分は何なのか。こんな姿だけは綾香に見られたくない。

(思えば、こいつとは小学校からの付き合い……っていうか、ガキの頃からパシリ扱いされてたんだな)

鉄男はいわゆる「ガキ大将」という奴だ。そのくせ妙に悪知恵が働くというか、教師や親達からは「少年達の頼れるリーダー」のように見られていた。

だがその性格は陰湿で陰険、狡猾《こうかつ》であるというのは、コウタが身にしみてわかっていた。鉄男はそんな自分の立場をよくわかっているらしく、自分に忠実な人間には時に気前のいいところを見せることもあった。コウタ同様にパシリにされている少年もいたが、彼らはむしろ自分から進んでご機嫌とりをしているようだ。

「おらおらっ、景気悪い顔してんじゃねえよっ」

学校に着くと、馬場はさらに調子に乗ってコウタに絡んできた。

「や、やめてよ馬場くん……」

頭を抱えられて小突かれても、コウタは抵抗しない。

だがその腸《はらわた》は煮えくりかえっている。

（まさかこいつと同じ高校に通うことになるなんて……）

さすがに高校生ともなると、あからさまないじめやパシリ行為はなくなった。今だって、ただじゃれ合っているようにしか見えないだろう。

こうして綾香とのご機嫌な朝から一転、せめて授業中だけは馬場から離れられるのが唯一の救いだった。


「おー、新山《にいやま》に佐野《さの》。ちょうどいいや、ファミレスでも寄ってくべ」

「馬場さん、お供しまっす」

「おー、コウタ氏もいっしょっすか」

放課後、馬場のもとには二人の下級生がへらへら笑いながら近寄ってきた。そして当然のようにコウタも付き合わされる。

　彼らはコウタの後輩で、どちらかというと気前のいい馬場に追従している『太鼓持ち』のような存在だ。鉄男はコウタだけでなく、コウタや彼らに女絡みの自慢話をするのが大好きだった。

（つたく、人のナンパ自慢の話の何が面白いんだか）

「そういえば馬場さん、昨夜はお楽しみだったんですよね」

「まさかひょっとして」

　新山と佐野の意味ありげな笑いに、馬場はスマホを起動させ、何かのファイルを開いた。ちらりと見えただけだが、何かの動画ファイルのようだ。

　何の動画だろうか、という興味がわかないでもない。

「俺、ちっと便所行ってクッからよ、ほれコレでも見てろよ。昨夜撮れたての最新作だぜ、くくっ」

　そう言って鉄男はスマホを置いて席を立った。新山と佐野は待ってましたとばかりに「うひひひ」と下品な笑いを漏らす。

（昨夜……そういやどこかに泊まったって言ってたな……その時のか？　いったい何の動画なんだ？）

「あざーっす」

「キ、キタコレ倉田《くらた》のぞみ～」

　こいつらのノリも好きじゃない……そう思いつつ、コウタは佐野の出した名前にギクリとした。倉田のぞみといえばコウタ達のクラスの学級委員長である。肩まで伸びた黒髪と眼鏡が特徴的な、いかにも優等生といった真面目な感じの娘だ。

　馬場が以前から目をつけていた娘で、「今に落としてやるぜ、あいつ」などと言っていた少女である。そしてつい先日、コウタは馬場に肩を抱かれながら校内を楽しげに歩いている倉田の姿を目撃していた。

「さ、再生すんぜ」

「馬鹿、ボリュームでけえって」

　佐野の言葉に新山が慌てて音量を下げるが、そこから聞こえてきたのは甘い少女の喘《あえ》ぎ声だった。

『んっ、あん……』

「うおぉ～いい身体してまんなぁ」

「マジっすか～、こりゃ激レアどころじゃないッスよ～」

（う、ウソだろ……！）

コウタの目がスマホの画面に吸い寄せられる。そこには桃色の肌が広がっていた。間違いない、眼鏡こそ外しているが、それは倉田の全裸姿だった。

しかも大きく股を広げ、脚の付け根には黒い陰毛がはっきり見える。そしてなにより衝撃的なのは、少女の股間に長大な肉の棒が深々とねじ込まれていたのだ。のしかかっている男は、まず馬場と見て間違いない。

(コ、コレ、馬場が撮ったのか?)

ハメ撮り、という言葉くらいは知っているが、実際に見るのは、それも同じクラスの少女のそれを見るのは初めてだった。

それも身近な人間のセックスシーンだなんて、その衝撃度は計り知れないと言っていいだろう。

「ほらほら、コウタくんも見るッすか、これマジやべえっすよ」

「馬場さんちんぽでけえ~」

馬場と思われる男の腰が動き、陰茎が抜き差しされると「くちゅ、じゅぷっ」という濡れた音がして、そこに『あっ、あんっ』という倉田の甘い声が混じる。明らかに嫌がっている様子ではなく、馬場の陰茎を突っ込まれて感じている声だ。

(これ……初めてって感じじゃないよな、どう見ても)

つまり、この二人はもう何度となくこんな行為を繰り返しているということだ。

（そ、それにしても……倉田って意外と）

そういえば以前、馬場が「あいつ意外と着やせするタイプでさぁ、結構いい乳《ちち》してるんだぜ」などと自慢していた。馬場の言った通り、普段の大人しそうな雰囲気からは想像できない乳房の大きさにコウタは見入ってしまう。

確かに倉田の乳房は制服の上からは想像できないほどに大きく、たっぷりとボリュームがある。それを恥ずかしげもなく馬場の前に晒し、突かれる度にゆさゆさと大きく揺れているのだ。

『ん、ふぅうっ！　お、おちんちん熱いようッ。熱くておっきいの気持ちいいのっ！も、もっとしてぇえっ』

優等生とも思えないような言葉が、少女の口から発せられる。

馬場の動きが激しくなると、倉田の声も大きくなり、大きな胸がふるんふるんと重量感を見せて揺れる。スマホのカメラが結合部に向けられ、ずっぷりと陰茎をハメられたのぞみの性器を大写しにした。おそらくは佐野や新山に見せることを考えて撮影しているのだろう。

いや、あるいはコウタにも……自分は馬場のナンパなんかに興味はないぞと思いつつ、それでも画面から目が離せない。

『もうすっかり俺のちんぽの虜だな……よしよし、今度は後ろからハメてやるからな』

『ああダメっ、後ろからは感じすぎてダメなのぉ……きゃんっ』

馬場の声がスマホから聞こえ、映像が変わった。おそらくどこかにスマホを置いて自動撮影しているのだろう。馬場は倉田を四つん這《ば》いにさせると、バックから巨根を股間に突き入れたのだ。

この体位だと、喘ぎ悶える倉田の顔や、揺れる乳房がさっきよりはっきり見え、より刺激的な映像になる。馬場はまるでアダルトビデオの監督か何かのように、彼女をいいように扱っていた。

『おらっ』

『ふひぃいっ、お、おま◯こ擦られるぅ』

馬場の下腹部がのぞみの尻に激突すると、乳房が揺れる。倉田はぎりっと歯を食いしばり、背後からの突き入れを受け入れた。むしろ自分から尻を突き出し、馬場の陰茎をねだっているようにさえ見える。

本当に少女が嫌がっているのなら、こんな恥ずかしい格好で、しかも撮影など許さないだろう。倉田は完全に馬場のことを受け入れていて、こんな格好で犯されることも喜んでいるのだ。

(すごい、あの委員長があんなスケベな顔になって、馬場のちんぽを、あんな奥まで受け入れてるんだ……)

「馬場さんやべぇ、ちんぽ何センチあるんだよ」

「ずっぷりだよ、ずっぷり」

放課後のファミレス、他の客達はまさか自分達がハメ撮り映像を見ているとは思っていないだろう。それも、顔見知りのクラスメイトの少女が犯されて喘いでいる映像など。

自分達がいかに危険で卑猥《ひわい》な行為をしているかという、それを考えるだけでコウタ達の興奮も高まっていく。

(馬場の奴……前は別の女子とも付き合ってたよな。もしかしていつもこんなことしてるのか?)

正直、羨ましいかと言われれば羨ましくないこともない。

コウタはまだ一度も女子と付き合ったこともなく、もちろんセックスの経験もない童貞だからだ。

一方で、コウタには幼い頃からずっと憧れていた綾香という存在があり、綾香以外の女子などには興味がないということもあった。

『アンッ、ン、アンッ！　ちんぽ好きぃ、ちんぽ大好きい〜っ』

画面の中の少女は、いよいよ興奮が隠せなくなったのか、髪を振り乱して悶え始めた。その姿は到底優等生とは思えないほどだ。

馬場も興が乗ってきたのか、さらにスマホの位置を変え、倉田の顔がはっきりわかるような体位で腰を振った。倉田の左腕を抱え、上半身を反らせるようにすると、乳房が丸見えになる。

「おぉ〜揺れてる揺れてる」

新山がスマホの上を指でなぞる。

「おい見えねえじゃんよ、指どけろって」

佐野が新山の手をどけさせると、なるほどバックスタイルで犯されている倉田の乳房がゆさゆさと大きく揺れていた。

『オラオラッ、いいだろ？』

『アッ、待っ……イク、おま○こイッちゃう、んひぃいんっ、おま○こ、おま○こが痺《しび》れるぅうっ』

生々しい男女の交わりの声に、ぱんぱんと肉がぶつかる音が被る。激しいピストンに倉田はいまにも達しそうだが、馬場はさらに荒々しく少女を責め立てた。

いやコウタの眼には、倉田の方もそれを求めているようにさえ見える。その緩んだ顔は、普段はいつも真面目な少女からは想像もできないほど、淫らでいやらしいものだった。

『ココ！　この角度だろ、お前が好きなのは？』

『あっ、そこ擦るの気持ちいいッ。あぁ～っ、そこもっと突いて、もっと、ひい、またイクぅう～っ』

（あの委員長があんな顔で……女の子って、エッチするとみんなあんな顔になっちゃうのか？）

どんな真面目な娘でも、男に抱かれるとみんなあんないやらしい顔や声になるのだろうか。これがもし綾香だったら、と不意にそんなことを思ってしまい、コウタは顔が熱くなるのを感じた。

もし、綾香が男に、いや自分の陰茎を突っ込まれたら、やはりあんなエッチな顔をして、悶えよがるのだろうか。

（な、何考えてんだ俺は。あの綾姉が、どこの誰に何されても、そんなことになるわけないだろ）

コウタにとって綾香は憧れであると同時に、神聖で不可侵なものだった。

あの綾香に限って、たとえ男にどんなことをされても、あの爽やかな笑顔や美しい姿を乱すわけがない、コウタにとってそれは絶対だった。

しかしそんな綾香を神聖視するような気持ちこそが、少年の恋心に歯止めをかけているというのも、また事実だった。

『んひぃいいっ、イク、イッちゃうイッちゃうぅうう～～！』

やがて倉田が何回か絶頂に達し、ぐったりしたところで動画は終わった。コウタ達は思わず「はぁ～っ」というため息をついてしまう。それほどに、身近な人間の生セックスは刺激的だったのだ。

「な、なあもういっぺん見ねえ？」

「見よう、見よう！　コウタくんも見るッスよね？」

「いや、お、俺は……」

そう言ってしまうのは、やはり倉田のプライベート映像を見ることに多少の後ろめたさがあったからだ。しかし新山達にとってはそれこそが興奮できる要素なのか、コウタには構わず盛り上がっている。

（ちぇっ、こいつらはエロければ何でもいいのかよ……）

再び動画ファイルを再生する佐野達に、コウタはもう興味がなかった。目はスマホに注がれているが、その脳裏では四つん這いになった綾香がこちらに尻を向けている光景を想像していたのだ。

(綾姉……綾姉がもしも)

だが残念ながら、コウタの想像力では綾香の全裸までは思い描けない。そのかわり、胸元がはだけた制服姿の綾香のスカートをめくるところを妄想した。

普段は意外と無防備な綾香だが、たとえコウタでも綾香のスカートをめくろうものなら、ただでは済まないだろう。

しかし、もしそれが現実になったら。

(倉田さんの裸もエッチだったけど、綾姉だったらもっと……もっとすごく綺麗なんじゃないかな)

そういえば最近、綾香は急に身体が丸みを帯び、大人の色気さえ感じるようになった。綾香はどちらかというと、さっぱりしているというかさばさばした性格なので、男に媚《こび》を売ったりなどしない。

だがその分、妙に無防備なところがあって、スカートがひらりと舞って真っ白な太腿が見えたりすると、ギクリとすることがある。

『綾姉、そんな動くとパンツ見えちゃうぞ』

『あはっ、アタシのパンツなんか見て楽しいんだ、コウタもずいぶんエッチになっちゃったのね～』

などと逆にからかわれるようなこともあった。

(綾姉のお尻だったらもっと……おっぱいだってもっと大きいはずだ。もし綾姉の裸なんか見られたらどんなに)

むっちりとした太腿、大きく張りのある乳房を制服の上から揉みしだくと、どんな感触がするのだろう。硬くなった乳首を指で弄《いじ》ったりしたら、綾姉もコウタの陰茎を欲しがったりするんだろうか。

コウタに身体を弄られたりしたら、綾香も気持ちよくなって、倉田のようなエッチな顔になったりするんだろうか。

もしそんなことになったら……と思うだけで、コウタは股間が硬くなるのを抑え切れない。

『ねえコウタぁ……アタシもう我慢できないの。コウタのおっきなおちんちん、入れて欲しいの、お願い』

『い、いいよ。俺のちんぽで気持ちよくさせてあげるよ、綾姉。じゃ、じゃあス、ス

カートをめくるよ綾姉……』

そうしてスカートをまくりあげ、パンティを横にずらすと、そこに勃起《ぼっき》したものをねじ込むのだ。ただしコウタは童貞で、そもそも生の女性器自体を見たことがなかったので、綾姉のパンティの中までは想像もできなかった。

（女の子の、綾姉の中ってどんな感じなんだろう。綾姉も、ま、まだ未経験だよなきっと）

もし綾香が誰か彼氏を作ったとしたら、幼馴染である自分が気付かないわけがない。綾香は誰とも付き合ったことはなく、つまりまだ処女であるはずだ。

なら自分にだってまだまだチャンスはあるはず……少年はとかく自分に都合のいいように考えるものだった。

（俺だっていつかは綾姉と、誰にも見せたことのない綾姉の処女ま○こに俺のちんぽを入れて、俺も童貞卒業したい）

もちろん自分にそんな勇気がないことはわかっている。けれどコウタが男としてもっと自信をつければ、綾香もコウタを幼馴染、弟のような存在ではなく男として見てくれるかもしれない。

（俺は馬場みたいないい加減な男じゃない。今までずっと綾姉のことが好きだったん

だし、綾姉だってきっと）

「コウタくん、どうしたっすか」

「やっぱり童貞には刺激が強すぎたッすかねえ、ひひひ」

　そう言ってからかう佐野達も確か童貞のはずだが、どういうわけかこの二人はどこかコウタを下に見ているような気がする。ぎゃははと笑う後輩を前に、コウタは咳払いをしてコーヒーを啜った。

　別に倉田のエッチシーンなんか当たり前すぎて見慣れてる、といったふうを装ったつもりだったが、とてもそうは見えないだろう。

「おめーらまだ見てんのかよ。まあ楽しんでくれたようでなによりだけどな。そろそろ俺のスマホ返せ」

　帰ってきた馬場に対して、「ども、ゴチッス」と言ってスマホを渡す新山。そのにやついた顔から察するに、倉田の喘ぎ乱れる姿を脳裏に思い描いているに違いない。きっと今夜はそれを思い出しながら自慰でもするのだろう。

　コウタ自身、馬場に犯され悶えているのぞみの裸体が忘れられない。しかし馬場の思い通りになっているようで、それはそれで不快だった。

「しっかし、馬場さんって本当にモテますよね。ぶっちゃけイケメンってわけでもないのに」

「あ？」

「実際、女をとっかえひっかえしてますもんね。なんか女を落とすコツでもあるンスか？」

後輩達に持ち上げられ、鉄男は余裕の笑みを浮かべる。

「あ？　コツなんてねーよ、女落とすコツなんて押して押して押しまくる、男らしいだろ、相手が折れるまで押し切る、それだけよ」

「え～、それだとしつこいって嫌われたりしないですか」

「そうなりゃ素直に謝る。けどそこで諦めたら、女なんかモノにできねえんだよほら、最近草食系男子とか言うけどさ、結局女は強引な男に魅かれるんだよ。だから、俺みたいな男が女を喰いまくれるのさ」

「さすが馬場さんっす。そのやり方で倉田のぞみも落としたんスか」

まあな、と馬場はアイスコーヒーをガブリと口にした。

そのいかにもな尊大な態度がコウタは好きではないのだが、居丈高な馬場に対して、はっきりそう言えない自分が情けなくもある。

「あいつも最初は俺のことをナンパな不良みたいに思ってたから、取り付く島もなかったけどな。そこで他の女には目もくれず、とにかくこいつだけを落とす。ぜってぇこいつの処女ま○こをいただくって気持ちで猛アタックし続けた。そうなりゃどんな真面目女でも、悪い気分はしないってもんだろ」

そうなりゃ後は、と馬場はにったりと悪辣な笑みを浮かべた。

「お前ら、言っとくがデートの時も金をケチったりするんじゃねぇぞ。それこそ相手をお姫様かなにかみたいに持ち上げて、いい気分にさせるんだ。そんで相手が警戒しなくなったら、一気に肩を抱いてキス、後はホテル一直線よ。そうなりゃ後は……わかんだろ？」

「へぇ、そんで即ハメっすか、さすがぁ」

「俺らも見習いたいッス」

それはただ馬場が無神経なだけじゃないのか、とコウタなどは思うのだが、馬場が幾人もの女子と肉体関係を持っているというのもまた事実なのだ。しつこくしすぎて嫌われても諦めない、その結果、最初は馬場を嫌がっていた女子が次第に笑顔になり、腕を組んでいる光景をコウタも何度も見てきた。

（でも、こんな奴に引っ掛かる女も女だよな。綾姉なら絶対にこんな奴相手にしたりしないのに）

「そんで馬場さん。次に狙ってる女子はいるんスか」

「馬場さんのお眼鏡にかなう女子なら、そこらのブスなんか相手にならないですよね」

新山の言葉に、馬場は「そうだな……」と少し考えてからコウタの顔をちらりと見て、意味ありげに微笑んだ。実に嫌な笑顔だった。

「なぁ、コウタ。そういや綾香先輩ってどこの学校よ」

「エッ」

いきなり綾香の名を出され、コウタは目を丸くし、しばし絶句した。

（あっ……今朝、駅でこいつに会ったんだ）

と、コウタは今朝の出来事を思い出した。

「今朝久しぶりに駅で見ただろ、そろそろちょっと難易度が高めの女でも落としたいと思ってたところなんだよな～」

「え～誰ッスか、馬場さん」

「またまた可愛い娘ッスか？　それとも大人しい系ッスか」

「桜庭綾香先輩つってな。昔は結構生意気な女だったんだけど、久々に会ったらすげえ美人になってんの。後ろ姿を見ただけで、ありゃスタイルもかなりのもんだったぜ」

そう言って、馴れ馴れしく馬場はコウタの肩に手を回してきたのだ。

とてつもなく不愉快な態度だったし、なにより馬場の口から綾香の名前が出たことが、コウタにとってはショックだった。

「お前ん家の近所なんだろ、なあ紹介してくれよ」

「い、いや全然知り合いとかそんなんじゃないから、ただ近所に住んでるってだけだよ、無理無理」

慌ててかぶりを振るが、その時馬場の瞳に怪しい光が宿っていたことにコウタは気付かなかった。

いや、たとえ気付いたとしても、馬場と綾香が近づくのをきっぱりコウタは止められただろうか。

（くそっ、なんでこんな奴と駅で会っちまったんだよ……しかもなに勝手に綾姉のこと狙ってんだよこいつ）

コウタはただ馬場の図々しさに腹を立て、何があってもこんな男に綾香を紹介などしてたまるものかと固く誓ったのだ。

「俺だって先輩とはガキの頃からの顔見知りなんだし、近所は近所なんだろ。よかったら俺のこととか言っといてくれよ。それくらいいいだろ」

「ま、まあ機会があれば……」

どうしてここで強く出れないのか。こんな女たらしで身勝手な男を紹介することなどあり得ない。なのに、きっぱり断れない自分が情けない。

「じゃ、まあこれ手付けってことで」

そう言って馬場がスマホを弄ると、コウタの内ポケットにあるスマホが着信を知らせた。訝《いぶか》しく思いつつ液晶画面を見たコウタは驚きに息をのむ。それが馬場からのメールなのはわかっていたが、本文はない。

そのかわりに添付されていたのは、倉田の裸身画像だったのだ。彼女は四つん這いで乳房をさらけ出し、その背後では馬場が激しく腰を振っている。なんともいやらしい画像だ。

「まあズリネタにでもしてくれよ、これで綾香先輩と知り合いになれたら、動画もやってもいいいんだぜ」

「えー、コウタくんだけずるいっすよ、俺らも倉田先輩でヌキたいっす」

「そうっす、そうっす」

ばーか、とげらげら笑って新山の頭を軽く小突く。この男はこういうふうにして人を操るのが上手いのだ。

馬場達と別れた後、コウタはすぐ帰宅する気になれず、一人公園のベンチに座っていた。胸の内では馬場の無神経さや、そんな馬場をおだてる後輩達に対する苛立《いらだ》ちが募るばかりだった。

（こんなもの……こんな……委員長の裸なんか）

思いつつも、スマホを起動し、倉田の画像を映し出す。

倉田を犯しているのが馬場だとわかっているのに、乳房を揺らして悶えよがっているのぞみの顔はエロく、それを見ているだけで股間が硬くなり、何度でも自慰ができそうな気がするのだ。

（画像だと馬場の顔が映ってないから、委員長の裸に集中できるしな……それにしてもあの委員長が、すごく気持ちよさそうだ）

人気《ひとけ》のない公園のベンチで、コウタはスマホの画面を食い入るように見てしまう。

倉田の大きな乳房、小さくしこった突起、そしてくびれた腰やすらりと伸びた脚……そのどれもが少年の若い性欲を煽り立ててくる。自分の中の「オス」が凶暴な衝動を覚えるのだ。

自分と同年代の、しかも顔見知りの少女であるだけに、余計に興奮を煽り立てる。

（俺もしたい。できれば綾姉と……いや、綾姉としかしたくない。委員長なんて本当はどうでもいいんだ）

画面を見れば見るほど、倉田のヌードが綾香のものに思えてくる。四つん這いになったのぞみの腰を押さえつけ、激しく陰茎を突き入れているのが自分なら、という妄想に駆られる。

同じように綾香を四つん這いにして、バックから勃起したものをねじ込んだら、綾香は喜んでくれるだろうか。コウタにはセックスの経験などないのだが、相手が綾香だったらきっと上手くできそうな気がする。

(したい、綾姉とエッチしたい。馬場なんかに綾姉を紹介してやるもんか。綾姉は俺のモノなんだ……今はまだ違うけど)

あまりにもスマホ画面に集中していたため、コウタは背後からの気配にまったく気付かなかった。

「コーウタっ」

「うわっ! あ、あ、綾姉?」

「なぁに、まったく気付いてなかったの? ははあ～さてはエッチなサイトでも見てたんでしょ、このエッチコウタ!」

当たらずといえど遠くない綾香の言葉に、コウタはすっかり動転していた。

見ていたのはエロサイトではないが、ある意味エロサイトよりもたちが悪い、クラスメイトが馬場とセックスしている画像なのだから。とてもじゃないが、そんなことを綾香に言えるわけもない。

「な、なんでもないよ。綾姉も今帰り？」

「うん、部活で少し遅くなって。コウタはまた友達とファミレスででも時間つぶしてたんでしょ、しかもこんなところで寄り道なんかして」

「ど、どうでもいいだろ」

自分がどんな友人達と付き合っているのか、コウタは綾香には知られたくなかった。ましてどんなことで盛り上がっていたかなんて、絶対に知られるわけにはいかない。

「コウタの友達ってどんな子よ。ちょっと興味あるなぁ」

「えっと、こ、後輩が二人と……一個上の奴だよ、馬場っていう」

うっかりその名を出してしまったことを、あとあと何度も後悔することになる。

「馬場？　もしかして馬場鉄男っていう男？　コウタのこといじめてた奴じゃない」

そうか、そうだった。コウタは今更になって綾香が馬場から自分を庇ってくれた時のことを思い出していた。それにしても綾香まで馬場のことを覚えていたというのは、まったく意外だった。

しかし綾香の馬場に対する感じが決して好意的ではないものだったので、コウタは逆に安心した。

「あんた、あんな悪ガキとまだ付き合ってんの？　まさかまだいじめられてるんじゃないでしょうね」

うう〜ん？　と顔を覗き込んでくる綾香の長い髪がさらりと揺れ、ふわりといい香りがした。香水ではない、少女自身の甘い体臭だ。

こうしてお姉さんぶるのも昔の通りだ。懐かしくもあり、まだ自分はただの弟分扱いなんだろうかと、少し情けなくもある。

「もう、そんなガキじゃないよ……ただ同じ学校で、そんな仲がいいってほどでもないよ」

「ならいいけど、またコウタをいじめたら綾香お姉ちゃんが許さないって言っておきなさい」

「いいよ、そんな恥ずかしいよ」

そう言いつつ、コウタは綾香の言葉が嬉しかった。

綾香は馬場のことを覚えていたものの、それは「コウタをいじめていた悪ガキ」としてであったからだ。

「俺のことより、綾姉は受験のほうどうなのさ。東京の美大って結構難しいって聞いたけど」

コウタの言葉に少女はフフと笑い、その額をチョンと指でつついた。そんな素振りも昔のままだ。

「学校帰りに寄り道するようなコウタくんとは違うのよ。私、成績も割と上位なんだから」

「そっか……けど綾姉が東京に行ったら、もう滅多に会えなくなるんだな……」

ふと口にして、急に寂しさがこみ上げてきた。もう馬場のことなどどうでもいい、綾香が美大に合格するということは、綾香の夢がかなうための第一歩、それを喜ばないわけがない。

しかしそうなると綾香と顔を合わせる機会は極端に減るだろう。

コウタが受験するのはまだ先だが、それにしたってコウタの成績ではまともな大学に行けるかどうかもわからない。もしかしたら大学にいる間、綾香に声をかける男もきっと出てくるだろう。

(綾姉が馬場と付き合うなんて絶対ごめんだけど、馬場以外の男と綾姉が付き合うとかも嫌だ……!)

そんなのはただの個人的な我儘だ、綾香が誰を好きになろうがそれは綾香の自由、馬場などよりずっとマシな男だったら、それを祝福すべきだろう。

そう頭ではわかっていても、素直にそう思えない。それはただ自分の心が狭いというだけなのだが。

「コウタ？」

「う、ううん。なんでもないよ、綾姉。さ、もう帰らなきゃ。きっと母さんにお使いとかさせられるだろうしさ」

「ふ～ん……あ、じゃあアタシも行くからコウタ荷物持ちしてよ」

「え～～～？」

無理に笑顔を浮かべるコウタに不審な顔をしつつ、綾香はコウタと肩を並べて歩き出した。

(せめてもう少し……もう少しだけ、こんな毎日が続いて欲しいだけなんだ。ただそれだけなんだ)

そんなささやかな少年の願いすら、僅か数日であっさりと破られてしまうなどと、今のコウタには想像もできなかったのである。

第二章　不安と疑念

　それはファミレスで馬場と倉田のエッチ動画を見せられてから数日ほど経った昼休みのことだった。いつものように新山達の馬場へのおべんちゃらを聞かされながら、コウタはグラウンドの隅でパンをかじっていた。

　まあ一人よりはましだろうという算段だったが、いつも通りの後輩達の見え見えの世辞には少しうんざりしていた。

「最近はどうなんっすか、馬場さん」

「また武勇伝とか、お宝画像見せてくださいよ～」

　すると馬場がちらりとコウタに視線を送ってから、得意げに胸を張ったのでコウタは何か嫌な予感を覚えた。

（なんだ……またナンパ自慢したいのか、こいつ）

「ふふん、ついにやったぜ俺」

「え、何がッすか、馬場さん」

「前に言ったろ、綾香先輩だよ、前に言ってただろ。次の日曜、ようやくデートにまでこぎつけたぜ」

思わず「はぁ？」という声が出そうになるのを、コウタは必死に堪えることができた。

にしても、「馬場が」「綾香と」「デート」という言葉が頭の中で意味を為さない。しかし「マジッすか馬場さん！」「例の美人さんっすか、すげえっすね」などと無責任に称賛する佐野と新山に得意げな顔を向けると、馬場はいかに綾香とのデートの約束を取り付けたかと語り出す。

「あのあと早速先輩の近所を回って、偶然を装ってアタックしたんだわ。こいつが頼りになりそうにないからよ～」

そう言って肩を組んでくる馬場の横面を張りとばしたい気持ちをどうにか抑える。

それにしてもいつのまに、という思いがコウタの口を重くする。

「俺も結構背がでかくなったから最初は気付いてもらえなかったんだけどな、コウタの名前を出したら、な。けど、俺がこいつのことよく弄ってたことまで思い出されて、塩対応で焦ったぜ～」

そうだ、先日の公園でも綾香はなんとなく馬場のことを覚えていた。だが決して好印象など持っていなかったはず……しかし馬場の行動力ときたらどうだろう。すぐさま綾香に会いに行くなんて思いもしなかった。

（こいつ、ここまで油断のならない奴だったのか……けど、綾姉ならきっと大丈夫なはずだ、うん）

綾香は馬場のような軽い男に簡単に心を許すような少女ではない。しかし馬場のしつこさと実行力はコウタの想像をはるかに超えていた。

「…………」

あらためて馬場が名うての女たらしであることを思い出し、コウタは背中に冷たいものが走るのを感じずにはいられない。

「ど、どんな人なんすか……うぉお、マジ美人っすね！」

馬場の見せたスマホには、綾香が映っていた。だが綾香は自分のスマホを見ていて、どう見ても盗撮されたとしか思えない。卑劣なやり口にむかつきつつ、コウタはその画像から目が離せない。

「どうよ、レベル高いべ？　昔はいかにも高嶺の花って感じだったけど、今の俺だったらそれなりに経験積んできたし、攻略できんじゃねえかってな。まあ後はいつも通りの押せ押せ勝負だぜ」

「けど、昔の印象悪かったんでしょ、どうやってデートまでこぎつけたンスか、馬場さん」

　コウタがやきもきしていることにも気付かず、佐野が尋ねると、馬場の自慢は止まらない。

「ある意味、お前のおかげだよ、コウタ。俺に対する『誤解』を解くところから話のきっかけにしてな」

　誤解？　誤解ってなんだ、コウタが馬場のパシリをさせられ――――いや今もパシリをさせられ、弄られているじゃないか。だが馬場はコウタのことを引き合いに出し、昔のことを謝ったというのだ。

「昔は俺もやんちゃだったけど、高校になってからは俺がコウタの面倒をみてやってるとか適当言ってな。もうすっかり反省してますって街中なのに頭まで下げたぜ。さすがの綾香先輩もあれには焦ってたな」

　何が面倒をみてやってるだ、とコウタは怒りで頭が熱くなる。面倒をみるどころか、今でも中学の頃と扱いが大して変わってないではないか。コウタは馬場の言葉に呆れるどころか、その厚顔さに言葉が出ない。

　しかし後輩二人は一刻も早く馬場の話の続きが聞きたいらしく、どうやってデートまでこぎつけたのか、その手練手管を知りたがった。

そんな後輩達を前に、馬場の自慢は止まらない。

「なぁに、後はいつも通りの押しの一手だよ。いつも言ってんべ、基本女ってのは男の押しに弱いんだよ」

そうだ、確かにコウタは鉄男の押しの強さを嫌というほど知っている。

最初は調子のいい馬場を警戒していた女子が、いつの間にか親しげに話し、笑みを浮かべるようになったのを、何度も見てきた。

（違う……綾姉はそんな人じゃない！）

鉄男の話はでたらめだ、と主張したかった。

現に馬場が提示したのは、盗撮と思《おぼ》しき綾香の画像だけだ。いつも「女を落とすなんて簡単なもんよ」などとうそぶいているから、きっと引くに引けなくなったんだろう。しかし新山達は素直に感心した顔をしている。

「へぇ～、粘り勝ちッスね、さすが馬場さん」

「俺らだったらとてもそこまでできないッス」

（そんなもん、馬場の嘘に決まってんだろ！　そんな話を信じるなんて、こいつらもどうかしてるよ）

こいつらはただ綾香の美貌に魅せられているだけで、綾香の本当の性格、曲がったことが大嫌いで、いつも毅然としている態度などなにも知らないからだ。

コウタは知っている、綾香がどんな人間か、相手の人柄をちゃんと見る女の子だということを。

「まあな、さすがに最初は思いっきり警戒されてたぜ。なにせ先輩の学校まで行って、帰り道を待ち伏せしてたからな。他の生徒達も大勢いたから、下手すりゃ先公でも呼ばれてもおかしくなかったろうなぁ」

「ひえ〜っ、まじ馬場さん勇気あるッス！」

「俺らマジ尊敬するッス、勉強になるッス〜」

違う、そんなものは勇気でもなんでもない。馬場という男がいかに厚かましいかということの証左でしかない。しかしそんなコウタを嘲《あざけ》るように、鉄男はにんまりと下品な笑みを浮かべた。

「ところが違うんだよなぁ。ああいういい女ってのは、実は意外と押しに弱いんだ。それも正攻法であればあるほど効くんだ。ほれ、お前らだって先輩の顔見ただけで『ああ、無理ゲーだな』って感じただろ」

「そ、そりゃあ」

「けどそれは逆なんだよ。大抵の男はあんな美人を前に緊張して、こっぴどくフラれたらどうしようって弱気になるだろ。綾香先輩クラスの美人は、本当は意外と押しの強い男から告白とかされてねえんだよ。免疫がないっていうのかな」

もうやめてくれ、でたらめばかり口にするのは。

頭ではそう考えているはずなのに、馬場が言葉を重ねれば重ねるほどコウタにはその光景がありありと見えるようだった。

綾香は根が生真面目だから、コウタを弄っていた相手といえども素直に頭を下げてきたら、そうそう無下《むげ》にできるような性格ではない。そして鉄男はその辺りの演技が天才的に上手い男だった。

無論、最初は待ち伏せなんてする男を警戒していただろう。

けれど、それが二度、三度と重なったら？　その度に頭を下げて、真摯な態度で迫ってくる男に、そう強く出られなくなるかもしれない。コウタは焦って顔を赤らめる綾香の表情まで容易に想像できた。

「やっぱ馬場さんは女たらしの天才っすね！　俺らもいつか馬場さんみたくモテ男になりたいっす！」

「まあお前らじゃまだ経験不足だな。俺だって一度や二度の待ち伏せであの美人が落とせるとは思ってなかったぜ。けど、そこは鉄板の二段構え作戦……自分が『しつこくつきまとってる』ってのを認めたうえで、それでも好きだ、せめて一度でいいからデートしてくださいって頼みこむんだ。ここまでされて、心を動かさない女はまずいねえな」

「なるほどぉ〜」

「そんでまあ、スマホの番号とデートの約束を取り付けたってわけだ。ああ、もちろん最初は健全路線、真っ昼間の遊園地デートだけどな。けど一度のデートで終わらせる気なんて、こっちにゃさらさらねえけどな。あぁ、次の日曜日が楽しみだぜ！　お前ら土産話に期待しとけよ」

「おす！」

「楽しみにしてるッス！」

この時、佐野がコウタの態度がおかしいことに気付いたようだったが、馬場の手前、なにも言うことはなかった。コウタは馬場の話をでたらめだと断言することもできず、その時午後の授業を告げるチャイムが鳴って、コウタはその場を後にしたのだった。

その日の授業が終わるやいなや、コウタは馬場達に声をかけられる前に全速力で帰宅した。馬場に対して「デートなんて嘘だ」と言う勇気はないにせよ、もっと確実にそれを確かめる方法があることに気付いたのだ。

(そうだ、なにも難しいことないじゃないか。綾姉に直接聞けばいいんだよ。日曜日に出掛ける予定があるのかって！)

家に帰ると、母親が夕食を三人分作っているところだった。父親の帰りはいつも遅いので、いつもなら母とコウタの分、二人分しか作らないはず。しかしコウタにはその理由がすぐわかった。

「あらおかえり、今日は早かったのね。後で綾ちゃん呼んできてね。あ、その前に宿題済ませなさいよ！」

「う、うんわかってるよ！」

綾香の両親が仕事で遅くなる時は、こうして綾香を囲んで三人で夕飯を摂ることも珍しくない。コウタの母にとって綾香は自分の娘も同然、本当にコウタと綾香は姉弟にも等しい、家族のような間柄なのだ。

だからこそコウタは綾香への思いを募らせつつ、それを口にできなかった。しかしそんなことを言っている場合ではない。あの馬場鉄男が綾香をものにしようと虎視眈々と狙っているのだ。

(馬場を……あいつなんかを綾姉に近づけさせるもんか)

「わあ、おばさんの手料理もずいぶん久しぶりかもしれない。相変わらず料理上手ですねえ」

母の手作り唐揚げを前にした綾香の様子に、不審な点はない。

なにもおかしなことを聞くわけじゃない、日曜日の予定を聞くだけだ。コウタは思い切って口を開いた。

「あ、綾姉……今度の日曜日って何か予定とかあったりする？」

するとそれを耳ざとく聞きつけた母親が、露骨に妙な顔をした。怪しげというか、何かを邪推するようなにやにや笑いだ。

「なによあんた、綾ちゃんと」

「ち、チゲーよ。ただちょっと聞いてみただけだよ」

そうだ、これまでにも休日に綾香と出掛けたことくらいある。まあ大抵は母親同伴で、コウタは荷物持ち要員だったわけだが。家族同然の綾香相手に、休日の予定を聞くくらいは不自然でもなんでもない。

それでも綾香の真意を探ろうとする自分が少し後ろめたく、上目づかいに少女の表情を窺《うかが》う。綾香は本当に、いつもとまったく変わりのない様子で唐揚げを一つつまみ上げ、それを口に放り込んだ。

「ん～日曜？　ゴメンね、ちょっと真紀子《まきこ》と約束あるんだ。コウタは知らないかな、ラッテンの展覧会来てるんだ。それを見に行ってから買い物かな、服とかアクセサリーを見て回るつもりだから、コウタがついてきてもきっとつまんないよ」

真紀子は中学の頃から綾香の親友で、コウタとも顔見知りの少女だ。もちろん二人で出掛けることも珍しいことではない。ラッテンという画家のことは知らないが、美大を目指している綾香が、美術館に行くのは毎度のことだ。

それでもコウタは綾香の表情に嘘がないか、気にならずにはいられない。

(綾姉、ウソついてるふうじゃない。じゃあやっぱり馬場がでたらめを言ってたんだ。そうに決まってるさ)

「どしたの、何かあったコウタ？」

「べ、別にたいしたことじゃないよ」

隣を見るとなにやら母親が意味ありげな顔をしていたが、コウタはそれを無視して茶碗の飯をかきこんだ。

(は～情けね。けど今の俺にはこれが精一杯だ。そりゃそうだ、綾姉が馬場みたいな奴になびくわけはないんだ)

懸命にそう自分に言い聞かせたせいか、週明けの月曜日、またぞろ馬場が綾香とデートした、と言い出しても、コウタはそれほどうろたえなかった。

しかもまたデートの約束を取り付けただの、初デートでキスまでこぎつけたなどと言って、新山や佐野を羨ましがらせていた。コウタはそれを黙って聞きながら、新山達のことを小馬鹿にしていた。

(ふん、馬鹿な奴ら。昨日、綾姉は真紀子さんと買い物に行ったんだ。馬場とデートなんかできるわけないだろう)

頭ではそう思いつつ、コウタは自分がどうして馬場のことをこんなにも気にするのかわかっていた。

(俺が……俺がもっとしっかり綾姉を捕まえてたら、こんな不安な気持ちにはならなかったんだ。いや違う――俺が弟のようにしか思われてないってことを、あらためて知らされるのが嫌だったんだ)

馬場のことは腹立たしいが、それより自分の優柔不断さがコウタには耐えられなかったのだ。自分には馬場のような口の上手さも行動力もない、綾香と親しくしていられるのはただの幼馴染だからというだけの話。

(でも、もし綾姉に告白なんかして、今までの関係が崩れちまったら……そんなことになるくらいなら、今のままのほうがいい)

そう思ったからこそ、コウタは馬場のデート話も聞き流すことで自分を守ろうとしていたにすぎない。

そんな、悶々とした気持ちを抱え込んでいたのもつかの間だった。あれほど自慢げだった馬場の口から、綾香の話が一切出なくなったのだ。

「馬場さん、例の美人とはどうなってんスか？」

「ああ、うんまあそれなりにな。つうかおめーら人のことじゃなく、自分で女の一人くらいナンパできるようになれよなぁ」

（これって……要するにデートとかキスとか、いい加減なことばかり言ってたのが、面倒になってきたってことか？　へっ、ざまあみろだ）

ただ気になることがまったくないというわけではない。

（そういえば、最近俺も綾姉の顔見てないな……）

受験生である綾香は、そろそろ本格的に勉強に打ち込んでいるのだろう、単純にそう思った。美大の受験がどんなものかコウタにはわからないが、勉強だけでなく実技の試験もあると聞いたことがある。

試しにメールをしてみたが、綾香からの返信はなかった。そんな時、母親に買い物を頼まれたコウタは、綾香の親友である真紀子と偶然出会った。綾香とほど付き合いは長くないが、さばさばした性格の真紀子とは、コウタも気が合って話しかけやすい間柄だ。

「真紀子さん、チワッス」

「ん、コータ。あー綾香ならさっき」

「いえ親に買い物頼まれて駅まで……一緒に行きませんか？」

そういえば真紀子の顔を見るのもずいぶん久しぶりのような気がする。

そうだ、なにも綾香に直接聞かなくても、それとなく真紀子に聞けばいい。先週の日曜日、綾香と出掛けたのかと聞くと、真紀子は事もなげに答えた。

「あ〜そうそう美術館巡り。付き合わされて大変だったんだから。まあアタシも勉強になるからいいんだけど」

「あはは、大変だったっすね。ラッテンでしたっけ」

「そうそう、あの子本当に好きよねえ」

真紀子のいつもと変わらない様子に、コウタはあらためて胸を撫で下ろした。

これでもう間違いない、馬場の話はただの口から出まかせだったと証明されたっていうことだ。その後、駅前でコウタは真紀子と別れたのだが、いつまでも馬場と綾香のことを疑っていた自分を反省した。

（そうだ、馬場の奴のことなんかどうでもいい、俺自身がもっと男を上げて、いつか……二年後、いや一年後くらいに綾姉に告白するんだ！　それまで俺は俺にできることをしなきゃな）

そう思ったらじっとしていられなくて、買い物を終えたコウタは気がつけば家までの道を走っていた。

具体的にはまずは勉強、それにバイトなんかしてもいい。そうやっていろんな経験を積んだら、いちいち馬場なんか気にすることもない。自分に自信をつけたら、綾香もきっと自分を一人の男として見てくれるに違いない。

「よぉし、やるぞぉ～っ」

なんだかやたらとやる気が湧いてくるコウタだった。

だが――綾香からの返信はやはりなかった。

「あらコウちゃん、知らなかったの？」

そのことを教えてくれたのは、たまたま犬を散歩させていた綾香の母親だった。専業主婦でいかにも所帯じみたコウタの母親に比べると、見た目がいかにも若々しく、その美貌は明らかに綾香によく似ている。

「あの子、旅行に行ってるのよ。箱根のほうだって」

まったく予想外の答えに、コウタはきょとんとした。

「は、これ……ですか？」

「うん、そう。真紀ちゃんと行くって昨日から」

なんだか肩すかしを喰らったような気分だったが、昨日メールの返信がこなかった理由もこれでわかった。無論、返信くらいできただろうが、綾香にしてみればコウタになにも言わず旅行に行くのが少し後ろめたかったのかもしれない。

「そうか……東京の大学に行く前に、真紀子さんと思い出作りにでも行ったのか。別にそれくらい、言ってくれてもよかったのにな」

綾香の母と別れて、思わずそんな言葉が漏れる。

「まあいいか。綾姉が箱根から帰ってきたら、例のなんとかいう美術館にでも誘ってみるかな」

その夜、コウタは綾香にメールではなく電話をかけてみた。もしかしたら母親から自分のことを聞いたかもしれないし、それならそれで「心おきなく楽しんできて」と伝えるつもりだった。

しかし、何回呼び出し音を鳴らしても、綾香が電話に出ることはなかった。

コウタが久しぶりに綾香の顔を見たのは、綾香が箱根旅行から帰ってきて数日経った頃だった。

コウタはもう学校でも馬場のことを気にすることもなく、馬場も綾香のことを口にはしなかった。相変わらずパシリをさせられたり、後輩にからかわれることもあったが、そんなことよりコウタには目標ができたからだ。

（あれから毎日ランニングとかしてるし、ちょっとは体力ついてきたかな。けどもう少し身長が伸びないかなぁ）

そんなことを考えながら商店街を歩いていると、見覚えのある長い黒髪を見つけたのだ。

「いつもありがとうね、綾ちゃん」

「おまけありがとーねおじさん」

「綾ちゃんならいつでもおまけするよ～」

にこやかに八百屋で買い物をしているのは、間違いなく綾香だった。コウタは綾香と連絡がつかなかったことも忘れ、以前と同じように少女に話しかけた。

「綾姉」

「コウタ。えっと、ゴメンね。ずっと連絡しなくて」

「買い物袋一つ持ったげるよ。箱根旅行は楽しかった？　真紀子さんと二人で行ったんでしょ」

「あ、うん。そういやコウタにお土産買うの忘れちゃった、マジゴメン」

「え～」

　本当は土産などどうでもいい、こんなふうに綾香と何気ない会話ができることがなにより嬉しかった。なんでもない日常、穏やかな時間。しかしそれはいつまでも続きはしないとコウタもわかっている。

「綾姉の受ける大学って、東京の美大だったよね……本当に、行っちゃうんだよね。東京」

「……うん」

「寂しくなるな……でも綾姉の夢だったんだもんな」

「アハハ、そんな大層なもんじゃないけど……うん、ずっと夢だったからね」

　声のトーンが少し沈んだ。

ちら、とその横顔を見たコウタは、息が止まりそうになった。なんだか以前よりももっと綾香が大人っぽく見えたのだ。身体つきもどこか丸みを帯びていてサマーセーターに包まれた胸元はいかにも柔らかそうだ。幼い頃からずっと見てきたはずなのに、綾香の新しい顔を見たような気がして、コウタはハッとした。

(綾姉、こんな綺麗だったっけ……)

特に長い髪を耳の後ろに掻き上げる仕草や柔らかな眼差しに「女」を感じ、コウタの鼓動が速くなる。けれど、こんな綺麗な幼馴染と一緒にいられる時間はもう残り少ない。

そんなことは、最初からわかっていた。わかっていたはずなのに。それに今の自分じゃまだまだ未熟すぎて、綾香に告白することなんてできやしない。

コウタの胸に熱いものがこみ上げてきて、ついに抑え切れなくなる。

「…………っ」

「コウタ、どうしたの……泣いてる……の?」

気がつけば溢《あふ》れる感情のままに、コウタは綾香を抱きしめていた。

丸い肩と二の腕、温かな背中。そして漂ってくる甘い香りは香水とかではなく、綾香自身の香りだろう。放したくない、放せるわけがない。でもそんなことをする資格は自分にはない。

「綾姉」

「えっ……わっ」

「うっ……行かないで、くれよ……うっ、あ、綾姉……っ」

綾香はなにも答えない。答えなくてもコウタにはわかっている、自分の言っていることが単なる子供じみた我儘だということを。

その時、綾香の腕がそっとコウタを抱きしめた。そのふくよかな胸をコウタの顔に押し付けてくる。お湯の詰まったいい匂いのする風船に陶然となりかけるが、その時頭上から小さな声がかけられる。

「ゴメン。ゴメンね」

「っ……お、俺のほうこそ、ゴメ……っ」

綾香から身を放すと、コウタは駆け出した。自分が綾香を困らせているだけだということは、痛いほどわかっていた。

綾香が悪いわけじゃない、綾香と離れたくない、自分が勝手にそう思っているだけだ。そんなことはわかっている。

それから数日、綾香と顔を合わせづらくなってしまった。

電話もメールもする気が起きず、商店街にも足を向けなくなった。学校では相変わらず馬場や後輩達とつるんでいたが、久しく綾香の顔を見ていないことで、少しだけイラついていた。

男として強くなろうと目標を立てたはいいが、あれから成果らしいものも特には上がっていない。

(綾姉はこれから受験で忙《せわ》しくなって、また滅多に会えなくなる。けど、なんとなく顔を合わせづらいんだよな……)

そんなことをぼんやり考えていたある日の放課後。今日はファミレスに行こうか、カラオケに行こうかなどと話す馬場の後ろをついて行っていると、新山がこんなことを言いだしたのだ。

「そういや最近どうなんスか、例の綾香先輩とは」

「あ？　いや別に進展ねーよ」

つまらなさそうにそう答える馬場が、最高に愉快だった。自分も成果は上がってないが、それは馬場だって同じことだ。そうだ、自分はじっくり時間をかけて男を磨けばいいだけだ。

再びやる気が起きそうになったコウタは、つい余計なことを口走っていた。

「へっ……馬場くんでもそういうのあるんだねー」

我ながら皮肉が効きすぎた、嫌みな声だった。馬場は「あぁ？」とだけ口にして振り返り、コウタを軽く睨みつける。

（あっやべ、これ殴られるかも）

しかしコウタは馬場の眼に浮かぶ本当の感情を読み切れなかった。

「あー、ったく……これはまだ見せるつもりじゃなかったんだけどな」

そう言ってスマホを取り出すと、新山と佐野がなんとも言えない顔をした。

「エッ、マジッすか」

「マジ？　ここでネタバレ？」

なんだ、何を言ってるんだこいつらは。マジで意味がわからない。しかし目の前に突き出されたスマホの画像を見た瞬間、コウタは自分の眼を疑った。

（え……なんだよこれ……）

そこに映っていたのは私服の馬場と綾香。しかも馬場は背中から綾香を抱きしめ、唇がいまにも綾香の頬に接触しそうだ。そのうえ綾香は軽く微笑み、決して嫌がってはいなかったのだ。

「ハイつぎー、童貞コウタくんにはちょっと刺激的？」

二枚目はさらに意味不明、さっきよりアップで撮られた二人は完全に唇を重ねていたのだ。綾香は髪を軽く掻き上げ、馬場に完全に身を委ねている。状況が読めなくて、頭が真っ白になっていくのを感じた。

「おっとやべぇ。これはまだ見せるつもりじゃなかった」

「うぉおお、馬場さんすげえ！」

「ひゅー、これマジッすか！」

それはどこかの和風旅館の一室だろうか。映っているのはやはり綾香と馬場、ただしピースサインを見せる二人とも——全裸だった。

綾香は一応身体の前を隠してはいるものの、馬場が背後から手を伸ばし、綾香の乳房を揉んでいた。そしてなによりショックなのは、綾香の眼が妙に虚《うつ》ろで、明らかに何らかの行為の後にしか見えなかったのだ。

「ちなみにこれ、イカせまくってトロトロ状態の時に撮ったやつな。箱根三泊ヤリまくり旅行の時の」

箱根。三泊旅行。そんなことあるわけない。綾香は真紀子と二人で箱根に行ったはずだ。綾香の母親も、真紀子もそう言っていたし、他ならぬ綾香自身が「真紀子と箱根旅行に行った」と口にしていたのだ。

「なんでだよ……なんでお前が……」

呆然《ぼうぜん》と立ち尽くすコウタの肩を、馬場がぽんぽんと叩く。そして理解した。さっきの馬場の眼に浮かんでいた感情が怒りでも苛立ちでもなく、コウタに対する優越感、そして憐れみとでもいうべきものだと言うことを。

「なんで……どうして……」

そして馬場の口から、コウタの知らない幼馴染との間に起きたことが語られるのであった。

第三章　初デート、そして……

その日、桜庭綾香は遊園地の入り口の前で馬場を待っていた。

（どうしてこうなっちゃったんだろ。最初はまったくそんな気なかったのに）

その少年がかつてコウタをいじめていた、馬場というガキ大将だということにも気付かなかったほどだ。本屋で声をかけられた時も、最初は警戒しか感じなかった。やがて彼がコウタと同じ高校に通っていること、そして今はコウタともそれなりに仲良くやっているらしいことを知った。

それから馬場はほぼ毎日のように綾香の前に現れた。大柄な身体と坊主頭には似合わない、人懐っこい笑顔で。それはあの日、学校の校門前で待ち伏せされた時から変わらなかった。

「えっ、ちょっと待ち伏せってあなたね」

正直、最初は馬場の行動に引きもした。しかし馬場は過去の自分の行いを詫《わ》び、人前だというのに深々と頭を下げるので、綾香も怒るに怒れなかった。

「昔はちょっとやんちゃしてましたけど、コウタくんとは今はいい友人です。あいつはホントに優しい奴だから、俺のやったことも笑って許してくれて」

その言葉には真実味があった。いじめといってもそれほど大袈裟なものでなければ、コウタならきっと馬場のことを許すだろう。

(けど、まさかあんなふうに告白されるなんて思わなかった)

校門前での待ち伏せには驚いたが、馬場は三日に一度は綾香の帰る時間に合わせてそこで待っていた。大柄な身体を曲げ、綾香の目線に合わせてくれるその姿は、滑稽かもしれないが彼の本気を感じさせた。

そもそも綾香は男子と交際した経験がない。街でナンパされたことくらいはあるが、そういう男はそもそもお断りだ。

(けど馬場くんは……)

「ちょっとあなた、ちょっとしつこいわよ。いい加減にしないと」

一度びしっと言ってやろうとした綾香の機先を制し、馬場は深々と坊主頭を下げて「先輩のこと、好きなんス!」と言ったのだ。

「ゴメンナサイ、しつこくして。でも先輩みたいな人に相手してもらうにはどうしたらいいのかわからなくって……俺、馬鹿だからこんな方法しかなくて、でも先輩のこと本当に好きなんス!」

そのまま土下座でもしかねない情熱的な告白に、綾香の胸は一瞬高鳴った。

こんなにストレートに「好きだ」と言われたのは初めてだったからだ。怒る、というよりさすがに馬場が少し気の毒になった。

「綾香先輩、一回だけ。一回だけでいいんでチャンスください。一回だけデートしてくれたら、それでも嫌だったらきっぱり諦めますから！」

「……そんなこと言われても」

「こんな馬鹿でも一つくらい思い出が欲しいんス！　それさえあれば、俺は」

校門前にはまだ他の生徒がたくさんいて、馬場と綾香は明らかに目立っていた。それが恥ずかしいということもあり、綾香はますますうろたえる。

「なんでそこまで、私なんかを……あなた、私のことなにも知らないじゃない」

「じゃあ教えてください！　先輩のことをもっとよく知るチャンスもないまま終わるのはイヤなんス！　俺、後悔したくないんス！」

「ちょ、ちょっとこっち来て！」

そう言って電柱の陰に馬場を引っ張り込んだ。これ以上目立つのは嫌だったし、その時には（デートの一回くらいなら……）という思いが芽生え始めていた。

言動を見る限り、この少年は不器用というかまっすぐすぎるところがあるのだろう。

だから人前なのにあんな真似ができるのかもしれない。つまり、それだけ綾香に対して本気だということだ……そう思うと、胸の高鳴りをさっきよりもはっきりと感じられた。

一回だけならという約束でデートすることに決めたのは、あくまで綾香自身の意志だと、少女はそう思い込んでいた。まさか深々と頭を下げる少年の顔が、にやりと歪んでいたことなど知る由もなかったのだ。

「先輩、こっちっス！」

日曜日、待ち合わせ場所の遊園地の入り口に、馬場は時間通りやってきた。いや、綾香が早く来すぎていたのだ。綾香はあまり女の子っぽい格好は避け、クリーム色のセーターに地味目のピンクのジャケット、下はデニムを選択した。

対して馬場は黒のキャップにグレーのジャンパー。高校の制服と違い、いかにも目いっぱいおしゃれした感じの馬場の姿に思わず笑いそうになり、綾香は顔を引き締めた。

（まあ、今日一日適当にやり過ごせばいいか）

最初は笑顔なんて見せてやるものかと思っていた。綾香は特別自分を美人だと意識したことはないが、結局この少年は綾香の外見にだけ魅かれて「好きだ」と言っているのだと思っていたからだ。

「いやあ、俺昨日からあんま眠れなくて。来てくれなかったらどうしようかって、ホント、夢みたいっスよ、綾香先輩と……あ、スンマセン、俺テンション上がり過ぎっスね、はは、カッコ悪ぃ～」

たははと笑って頭を掻く馬場は、すごく張り切っているのがわかった。そんなに自分なんかとデートできるのが嬉しいのだろうか。少し不思議な感じだったが、悪い気はしなかった。

（なんか、こんなとこまできてムッとしたままってのも馬鹿馬鹿しいかな）

デートといってもただ遊園地に遊びに来ただけだ。

辺りには人もたくさんいるし、極めて健全な雰囲気。それに遊園地なら女子の友人、例えば真紀子やまだ小学生だったコウタとも来たことがある。

（コウタ……）

不意に幼馴染のことを思い出し、綾香の胸がチクリと痛んだ。日曜日、何か予定があるのかとコウタに聞かれた綾香は、「真紀子と美術館巡りをする」という嘘をついてしまったのだ。

彼は何か知っていたのだろうか、それとも自分の態度に不審なところがあったんだろうか。コウタにこうも「正式な嘘」をついたこともそうなら、真紀子に今日のことを黙っていてくれと頼んだのも、綾香の罪悪感を煽る。

そんな綾香の心を知ってか知らずか、馬場は必死におどけて場を盛り上げようとする。そうだ、自分の都合だけで暗い顔をしているのは申し訳ない。

(うん、今日は一日楽しもう。せっかくこんなに張り切ってくれてるんだから)

割り切って楽しむことにした綾香は、いろんな場所を馬場と回った。

お化け屋敷では包丁を持ったホッケーマスクの殺人鬼に驚かされ、ソフトクリームを鼻に付けた馬場に笑いながらティッシュで拭いてやったり、射的ではテディベアを撃ち落とした。

「いやいやそれがマジなんスよ、先輩！」

「え～それはないでしょ～」

「いや本当ですって！」

馬場との会話は意外なほど弾んだ。いかつい外見からは想像もできないほど大仰な身振りで自分の失敗談を語る馬場に、綾香は次第に打ち解けていった。

しかし初デートの雰囲気や遊びに夢中になっていた綾香は気付いていなかった。綾香の見えないところで、馬場が自分の胸元や尻にいやらしい視線を向けているということを。


「あ～楽しかった。もう日が暮れかけてるね。時間が経つの、早いなぁ～」

「ホントっスね～」

ふと見上げると、日は傾き空はうっすら赤く染まっていた。

この遊園地には巨大テーマパークのようなきらびやかな夜のパレードなどはない。気がつけば親子連れなどはとっくに退園していて、周囲のカップル率が上がっている。

テディベアを抱えて夕陽を眺める綾香の横顔に、馬場は声をかける。

「そうだ先輩。観覧車乗りませんか？」

「あ、ウンいいよ～」

昼間と違って、園内の空気が変わっていることは綾香もわかっていた。

ただただ健全な昼間の遊園地と違って、夕暮れの遊園地はどこかしっとりした雰囲気だった。観覧車から眺める夕陽はさぞ美しいだろう。

(そういえば、前に真紀子やコウタと来た時、こんな綺麗な夕陽見たっけ)

ふと弟分のような少年のことを思い出し、綾香はドキリとした。どうして、コウタのことなど思い出したんだろう。コウタと来た時は別にデートでもなんでもなく、ただ親達に連れられて遊びに来ただけだった。

（ううん、今日のこれだって馬場くんと遊びに来ただけ……）

終始ニコニコしている馬場に申し訳ないような気がして、綾香は照れ隠しに馬場の手を握ると、観覧車に向かって駆け出す。

「さ、早く行こ馬場くん！」

「わわ、待ってくださいよ先輩～っ」


「夕陽、綺麗だねー」

馬場と綾香を乗せたゴンドラがゆっくり上昇していくと、赤く染まった空はますます美しく、大きく見える。無意識に長い髪を耳の後ろに掻き上げる綾香。そんな彼女に対し、馬場は真剣な顔を向けていた。

「綾香先輩のほうが綺麗ッス」

「ま、またまたー」

おどけておべんちゃらを言っているのだろう、とからかいかけて綾香は口をつぐんだ。馬場が少し目線を落としていたからだ。その顔が少し赤く見えるのは、夕陽のせいだけじゃないように見えた。

「イヤ……ホントッス。本当に綺麗ッスよ」

「……………」

こんなふうにストレートに言われると、綾香はどう反応していいかわからなくなる。けれど、ここで彼を茶化すのは違うような気がした。

「あ……今日ホントありがとね。楽しかった」

「ホントッスか?」

「ウン本当に……最初はちょっと緊張してたけど」

どうしよう、胸がドキドキしているのが自分でもわかる。こんな狭い空間に二人きり、誰にも見られていないという状況が、さらに綾香の鼓動を速めていく。

「あの、と、隣イイッスか?」

「あ、うん」

と言って綾香は少し席をズレて馬場の座る場所を空けた。馬場の大きな肩がすぐ隣に来ても、もう警戒心は起きない。それどころか、こんな大きな体格をして、あんな顔ではにかむ少年に対し、ほのぼのした感情が湧き上がる。

「俺は昨日からドキドキでしたよ、失敗したら、綾香先輩を楽しませられなかったらどうしよっかって」

「え〜、大袈裟だよ……」

「本当ッス。せっかく俺なんかとデートしてくれたのに、失敗したら俺サイテーだなって。でも少しでも楽しいって思ってくれたんなら、頑張った甲斐があったッス」

そう言うと、馬場は少し目を細め、照れ隠しか頬をぽりぽりと掻く。

「嬉しいッスわ、俺」

さっきより、顔が近い。

ふと、馬場の右手が自分の肩に回っていることに気付いた。大きな手が、そっと綾香の肩を掴《つか》んでも、それを振りほどこうとは思わなかった。そして真剣な馬場の顔が、ずいっと近づいてきた。

言葉はない、けれど彼が何を求めているかは綾香にもわかっていた。ふと、シートについた右手の小指がくいと引っ張られた。馬場の左手の指が綾香の指を意味ありげに引っ掛けていたのだ。

（あ……）

綾香の肩を抱く少年の手に力がこもる。ぐぐっと抱き寄せられると、綾香は馬場と正面から対峙してしまうことになる。

ジャンパーに包まれた広く熱い胸板、そして馬場の両手が綾香の両肩を掴むと、目を閉じた馬場の顔がいっそう近づいてきた。

(もう……ズルイなあ、このタイミングで。断れないよ)

そっと、少年の手が綾香の頬に当てられる。至近距離に感じる、他人の吐息、そして体温。意外に柔らかい感触が、綾香の唇に重ねられた。

(あっ、これって私の初めての)

その時になって、綾香は今更のようにこれがファーストキスだということを思い出した。これまで男子と交際したこともなければ、こんなふうに二人きりでデートしたこともない。

なのに、初めてのキスに綾香は意外なほど抵抗を感じなかった。

(あ…………舌、が)

ぬるりと差し込まれた生温かいものが舌だというのはわかった。ぬめぬめと動く馬場の舌が綾香のそれを搦め捕る。ただ唇と唇を重ね合うだけではない、大人のキス。知識としては知っていたが、初めて体験するディープキスに、綾香はただ馬場にされるがままに舌をねぶられた。

「んっ……んん………」

女の子の甘い声が漏れた。まるで自分の声じゃないようだ、と綾香は思う。しかもその声は馬場とのディープキスをちっとも嫌がってはいないようにも聞こえた。

どくん、どくん……と、心臓の鼓動はさっきよりも何倍にも跳《は》ね上がったようだ。

無下には断り切れない空気の中、綾香はいつしか自分からも舌を伸ばし、馬場と舌を絡め合っていた。粘膜と粘膜の触れ合いがこんなにも艶《なま》めかしく、刺激的だなんて。ただその圧倒的な刺激に翻弄《ほんろう》され、綾香は判断力を失っていく。

(キスって……こんなにいやらしいものなの……)

何をどうしたらいいのかわからないぎこちない動きながらも、ぬるぬるした舌と舌が絡み合い、お互いの唾液を交換し合う。

男の子の唾液がこんなに甘いものだなんて思いもしなかった。自分でも気付かないうちに舌を突き出し、唾液を啜《すす》ると馬場もまた綾香の唾液をじゅるじゅる啜り、こくんと飲み込む。

「ん……くちゅ、れろ……っ」

広いとは言えないゴンドラの中に、ただ湿った音と二人の吐息だけが聞こえる。その時「ふわっ」と髪を撫でられるのを感じた。肩を掴んでいた馬場の手が綾香の後頭

部を優しく撫でていたのだ。

その手つきに綾香は陶然となり、綾香も腕を上げ、馬場の二の腕をきゅっと掴んだ。それは完全に相手に身を委ねる体勢に他ならなかったのだ。

（気持ちいい……髪の毛撫でられるのも、舌を絡めるのもこんなに気持ちいいなんて知らなかった……）

もうファーストキスだとか、初デートだとか、そんなことはどうでもよかった。今はただこの心地よさの中にいたい……そう思っていた矢先、不意に馬場が唇を放したのだ。二人の唇の間で、唾液がつうと糸を引いた。

「あ……」

吐息が、荒い。いや、それが自分の吐息なのか、馬場のものなのか綾香にはわからなかった。窓の外にはさっきより深い紅色に染まった夕焼けの空。西の空には夜の色が染みだしている。

「下着くまで、まだ時間ありそうッスね」

ゴンドラは既に最頂点を過ぎ、下りに入りかけていた。後はこのまま地上に着いて、降りるだけだ。すると馬場の指が綾香の顎《あご》にかけられ、くいと顔を上げさせられた。

「もう一回、イイッスか？」

「あ……ん……」

最初はただ警戒心しかなかった。

しつこくつきまとわれ、鬱陶しいとさえ思った。

たった一回、デートの真似ごともしてやって、後は無視してやろうと思っていた。

なのにどうしてだろう。気付けば自分は目を閉じ、馬場に唇を向けていた。

「んぅ……あっ、ん………」

再び唇が重ねられ、馬場の舌が絡みついてくる。それはまるで蛇のように、綾香の理性と羞恥心までも搦め捕っていくかのようだ――綾香自身にはそうと気付かせずに。

「んっ、ちゅぱ、れろ……あ、はぁ、ん……っ」

れろ、れろ、ぴちゃ、ぴちゃ。観覧車を降りるほんの寸前まで、馬場は綾香を放そうとはしなかった。そうしてたっぷりじっくりと美少女の唇を味わってから、ようやく綾香を解放したのだった。

「先輩、足元気をつけてくださいッス」

「あ、ウン」

立った時、僅かに足元がふらついた。その肩を咄嗟《とっさ》に馬場の逞《たくま》しい腕が支えてくれた。自分が今までしてきたこと、されたこと、そのすべてがまるで夢か何かのように綾香には感じられた。

（別に、恋に落ちたわけじゃない。けど、この胸の高鳴りはなんなんだろう）

初めての告白だったから、初めてのデートだったから、初めての……キスだったから。そんなのは何の言い訳にもならないけれど、綾香は二度目のデートの誘いを断る気にはもうなれなかった。

それから綾香は何度か馬場とのデートを重ねた。

もう親に嘘をつくことに罪悪感を覚えることなく、ただ友達と遊びに行ってるだけだからと自分に言い訳をするように、映画やカラオケ、それに綾香お勧めの美術館にも二人で行った。

「そうスか、美大目指してるんスか。さすがッスね」

「馬場くん、こういうの好きじゃない？」

「好きとかじゃなく、高尚すぎて俺にはハードルが高いっていうか……うちの親父なんかは高い絵を買いあさったりしてますけど」

その時になって、綾香は馬場がかなり金持ちのボンボンであることを知った。なんでも親がホテルや旅館を幾つも経営していて、馬場自身も金に困っている様ではない。

「けど、俺なんて無趣味だから、せいぜい仲間内でファミレスに行くくらいしか金の使い道ないッスよ。やっぱ名画は、綾香先輩みたいな才能のある人が見てこそっていうか」

「アタシなんかまだ全然そんなことないよ。普通に見たままを感じるだけでいいんだから」

美術館では多少尻ごみしていた馬場だったが、それ以外の場所ではデートはもう馬場が綾香をリードするようになっていた。

人混みではごく自然に綾香のことを庇ってくれるし、バスや電車の席も譲ってくれる。座っていても、老人がいれば率先して席を譲るような気配りがあった。映画館などでは大抵馬場が料金を出してくれるが、それもいかにも「金を出してやっている」などという雰囲気は少しもない。

（年下なのに、なんか頼りになるな、馬場くん）

中学生の頃のコウタは、綾香から見ればまだまだほんの子供だった。

正直、今でもコウタはちゃんと学生生活送れてるんだろうかと、心配になることもあるほどだ。しかし馬場にはそんなところは微塵《みじん》もない。これは性格によるものなのか。それとも年下でも男子はいきなりこんな頼りがいのある存在になるのだろうか。

けれど、馬場とのデートは楽しい。

最初の頃のような緊張感がなくなると、綾香も自然と馬場の数歩後をついて行くようなスタイルになっていった。馬場は相変わらず話し上手で、場を盛り上げるのが上手い。例えば綾香がちょっと拗ねたり、むくれたりしても、そんな態度も含めて鷹揚《おうよう》に受け止めてくれる包容力があった。

「こらっ、いま私の胸触ったでしょう。しょうがないなぁ、馬場くんは！」

「ゴメンッス、うっかり肘が偶然当たっただけッス。まじ許して欲しいッス！」

これこの通り、とぺこぺこ頭を下げる馬場を見ると、思わずくすりと笑って許してしまう。

（私……流されてる、のかな？）

綾香だって、本気で怒ったりむくれたりしているわけではない。むしろ軽い喧嘩のようなことをすることで、自分を甘やかしてくれる馬場のことを好きになれるような気がするのだった。

そして、何度目かのデートでのことだった。

以前から評判の水族館に誘われた綾香は、朝からご機嫌だった。馬場はいつものようにすっと先に立ってチケットを買い、綾香と共に薄暗い館内に入る。大きな水槽には大小様々な魚が美しく泳ぎ、うっすら青い光で綾香達を照らしていた。

「先輩の見たがってたマンタはこっちみたいッス」

声をひそめて馬場が耳元で囁《ささや》いた。

周囲の客は親子連れよりもカップルが多く、大声で騒いだりはしない。やはりこの静かな雰囲気を楽しみ、魚を指さしては笑みをかわしている。

おそらくは綾香と馬場も同じようにカップルだと思われているはずだ。

(カップル、か……アタシの気持ちは、どうなんだろう?)

「おー、すっげえでけえ……これがマンタッスかー……」

馬場は水槽の中を悠々と泳ぐ巨大な影を指さし、綾香に微笑みかけた。

微笑み返しつつ、綾香はなんとなく指に髪をくるくる巻きつけ、水槽に目を向ける。しかしその目はマンタではなく、その向こうにある自分の気持ちを確かめようとしているかのようであった。

自分は馬場のことが好きなのか。年下だが頼りになる男子として好きなのか、このまま馬場と付き合っていて本当にいいのか。

（馬場くんのことは、嫌いじゃない。ううん、むしろ彼みたいな人はすごく女の子にモテると思う）

そう思ったのは、最初のデートでキスされた時のことだ。

綾香との初デートでずいぶん張り切っていたが、あの観覧車でのキスはとても手慣れているように綾香は感じた。きっと綾香以前にも何人かの女子と付き合い、キスも何度も経験していたに違いない。

（けど、馬場くんなら当たり前のことよ。だって、あんなにいい男だもの）

話し上手でエスコート上手、女の子を喜ばせるのが本当に大好きという感じだ。

でもそうだったとしても、綾香の馬場に対する好意が減じることはなかった。むしろそんなにモテる男子が、自分を好きになってくれたのは、とても嬉しい。

「綾香先輩、先に車呼んでおいたんス。さ、こっちです」

馬場が案内した先にはタクシーではなく、運転手つきのハイヤーが待っていたので、綾香は目を丸くした。馬場はいやいやいや、と慌てて手を振って言い訳する。

「お、親父が……今日はデートだって言ったらオレのハイヤー使えって強引に。ホント、自分勝手なんスよ、うちの親父は」

そう言っている間にも運転手が車から降りて、手ずからドアを開けてくれる。

「ささ、綾香先輩、乗って乗って」

馬場に肩を抱かれ、後部座席に乗り込まされる。程なくハイヤーは静かに発進し、どこかに向かっているようだった。

「あれっ、駅に行くんじゃないの？」

「へへ、いいところに先輩を連れて行きたくって。ほら、見えてきたッスよ！」

馬場の指さす方を見て、綾香はあっと声を出しそうになった。

カーブを曲がった先に水平線が広がり、そこに見事な夕陽が輝いていた。そういえば水族館が楽しくて、すっかり時間が過ぎていたのを忘れていた。

「絶景でしょ。穴場スポットなんスよココ」

「へぇ～」

ハイヤーは見晴らしのいい場所に停まり、馬場と綾香は海辺りまで歩いていく。

運転手はさすが職業柄なのか、ハイヤーの傍らに直立し、人形のように気配を消して綾香達を見送った。

「ホント……綺麗…………」

見事な夕陽を前に、綾香はつぶやいた。その綾香を馬場が背中からそっと抱きしめてきた。頼もしい両腕が綾香の身体の前に回され、熱い胸板が背中に押し付けられる。

またも高鳴る心臓の鼓動が馬場にも聞こえるのではないかと、綾香は顔を赤らめる。

「綾香先輩……」

「………んっ……」

振り返るまでもない、馬場が顔を近づけてくるのがわかった。それに応えるように綾香は自分から肩越しに振り返り、馬場の口づけを受けた。

最初の観覧車でのキスと違い、そっと触れ合うだけの優しいキス。なのに初めての時よりドキドキするのは、きっと自分の心境の変化だ。

(私――まるで私の方が、なにも知らない女の子みたい)

実際、綾香が口づけを交わした男は、馬場しかいない。だが馬場はそんなこと気にはしないだろう。むしろそんな綾香の初心《うぶ》さを喜んでくれるかもしれない。

「んっ……ちゅっ……んん……」

あの日と同じ真っ赤な夕陽の中、綾香は馬場との口づけに酔いしれる。

「はぁ……本当馬場くん、年下とは思えない。コウタ相手だと自分が年上だって自覚して接してるけど。すごく頼りがいがあって、それに女の子の扱いにも慣れてる感じがする」

見透かされて少しは怯《ひる》むかと綾香は思っていたが、馬場はそんな返しくらい既にお見通しだった。怯むどころかますます強く、情熱的に綾香の肢体を抱きしめる。

「そんなことないッス、俺も必死だっただけッス……けど、それって俺のこと一人の男として見てくれてるってことだよね？」

「え……」

そうだ。馬場の言葉は綾香の本音をズバリ貫いた。かあっと頬が熱くなるのを隠そうといったん身体を離し後ろを向くが、馬場は再び背中から綾香を抱きしめ、耳元で囁いてきたのだ。

「それは、その……ちょっと強引だなって思うこともあるけど」

「強引って、こういうとこ？」

そう言って綾香を振り向かせると、また唇を重ねてきた。今度は舌を差し込み、絡めてくる濃厚なディープキスだ。触れ合うだけのキスで敏感になっていた綾香の唇が、快感にじんと痺れた。

「ねえ、俺らもう付き合ってるってことで、イイよね？」

付き合う、その言葉に怯んだのは綾香のほう。

「あ……私まだ自分の気持ちがわからなくて……正直、男の子と付き合うとかどうしていいのかも、全然」

「愛してるんス、綾香先輩！」

「‼」

「俺マジなんス、こんな気持ちになったの生まれて初めてで……」

もしもこの場にコウタの後輩、新山や佐野がいたらきっと思っただろう。「おおお～っ、馬場さん勝負かけてきたッス！」「怒濤《どとう》の畳みかけッスね！」と。

だが綾香がそんなことを知る由もない。ただその頭の中で「愛してる」という言葉がぐるぐると駆け巡る。

「で、でも」

「ちゃんと俺と向き合って欲しいッス！　真剣なんッス！　やっぱ俺なんかじゃ嫌ッスか？　綾香先輩と釣り合ってないからダメって事ッスか？」

「そ、そんなんじゃ……あ、アタシ誰かと付き合うとか初めてだし」

綾香は正直混乱していた。これまで見てきた馬場とはまるで違う強引な態度と力。とても少女の力で振りほどけるものではない。

しかしその一方でその強引さは逆に馬場の真剣さの表れなのではないかという気持ちも捨てられない。

「もう……もうこれ以上、俺のこと弄《もてあそ》ばないで欲しいッス！」

「……ば、馬場くん」

「俺、死ねるッス！　綾香先輩のためなら命張れます、死んでもイイッス！」

これまで馬場のナンパ術で簡単に落ちなかった女子がいなかったわけではない。極端に初心な女子は馬場がどれだけ善人を装っても、どうしても一線を越える勇気が出ない、そんな娘だっていた。

けれど馬場はそんな娘も例外なく落とし、その身体をモノにしてきた――これはいわば馬場の「最後の一手」だった。

「俺、本気ッス……本気で先輩のこと愛してるんス！　愛してます!!　だから」

「…………………」

綾香の沈黙は長かった。

だがその沈黙の中に「拒絶」の色はなかった。馬場が内心で会心の笑みを浮かべているとも知らず、耳元でダメ押しの「愛してる、綾香……」と囁かれると、身体から力が抜けていくようだった。

既に夕陽はほとんど没し、辺りは薄闇《うすやみ》に支配されつつあった。聞こえてくるのは岩に打ちつける波の音だけ……いや、その時綾香の形のいい唇が、小さく開いた。

「うん…………わかった」

「せんぱっ」

うん、と頷く綾香の身体をもう一度優しく抱きしめる。

その手つきこそ優しい振りをしていたが、綾香に見えないよう、馬場がいやらしい笑みを浮かべていたこと、そしてそのズボンの中では既にイチモツがギンギンに勃起していることなど、もちろん綾香は知らなかった。


とあるシティホテルの一室。

ベッドに寝転がった馬場は腰にタオルを巻いただけの姿。綾香はというと馬場の後にシャワーを浴びている頃だ。

(ふぅ～、ようやくここまで来たか。初デートでキスを奪ったわりには、時間かけさせられたもんだぜ)

だがホテルに連れ込んでしまえばこっちのモノだ。それに馬場の見る限り、綾香は馬場の予想通り男の押しに弱く、流されやすいところがある。

(へっ、今更逃さないぜ先輩。ここまで来たらぜってーま○こしてやる、しまくってやるからな……)

今まではさんざん朴訥な少年の振りをして、敢《あ》えておどけて見せたりしてきたが、それもこれも皆、今日のこの時のための布石だと思えば無駄な投資ではない。なにより あの極上の肉体をモノにできるのだから。

(あぁ、先輩の身体柔らかかったな、唇も。思い出すだけでちんぽが爆発しそうになるぜ)

それにしても、コウタがこんな光景を見たらどう反応するだろう。それを考えると愉快でもある。

(コウタの野郎、なにが知らないだ。綾香先輩とガッツリ幼馴染じゃねえか。サラっと嘘つきやがって、いつかは自分のモノにって思ってたのか?)

イラつきを覚えつつ、格下の少年が淡い恋心を抱いていた少女をこれから犯すという事実に、馬場はほくそ笑む。

(だからお前はいつまで経っても童貞なんだぜ。綾香みたいないい女は、俺にこそ処女を捧げるべきなんだよ。お前の憧れの姉ちゃんを、じっくり楽しませてもらうからな、ひひひひ……)

やがて綾香がシャワールームを出てドライヤーで髪を乾かす音が聞こえてきた。そろそろ「純情少年・馬場くん」に立ち戻らなければならない。しかし仮面をかぶりつつ、股間の勃起は収まりそうもなかったのだった。

そのシャワールームで、綾香はまだ吹っ切れずにいた。

夕陽を見ながら馬場に告白され、綾香はその告白にＯＫした。馬場は「嬉しいッス」とだけ言って、ハイヤーに綾香を促したが、なぜかいつも饒舌な少年は運転手に行き先だけ告げると、後はほとんど無言だった。

（ここ……なんだか高そうなホテル）

国道沿いの安っぽいラブホテルなどではない、リゾートホテルと言っても通用しそうな立派なホテルの、それも夜景の見事な一室に馬場と綾香は入った。

馬場の父親はホテルや旅館を経営していると言っていた。もしかしたらここも彼の父親のホテルなのかもしれない。どう見ても一介の高校生が気安く泊まれるような場所には見えなかった。

「すんません、急に予約入れたんで、部屋選ぶ余裕なくって」

「う、ううん。素敵な部屋だね」

部屋に入ると馬場はいつもの明るい感じに戻り、綾香は少しホッとした。

さっき、馬場の告白を受け入れた自分がまた状況に流されているように感じていたからだ。自分ではそんなふうには思っていなかったのだが、どうやら自分は思っていた以上に流されやすい性格なのかもしれない。

（でも、これは違う。アタシは彼の告白を聞いて、嬉しいって思った。だから彼を受け入れようって自分で決めたの。流されてるわけじゃない）

そんなことを考えていると、馬場が「ちょっと汗流してきていいッスか」と言った。

「勝手言ってスイマセン。なんか俺、緊張でさっきから汗ダクダクで……」

そう言ってへこへこ頭を下げながら、バスルームに馬場は消えた。

ホテルの一室で二人きり、シャワーを浴びに行ったということは、その先に何が待っているのか。それくらいのことはいくら綾香でも想像がついた。

（どうしよう、断るなら今のうちだ。鉄男のことは嫌いじゃない、ううんむしろ好きだけど、まさかいきなりこんなことになるなんて）

いや、それも嘘だ。

綾香だってもう高三、経験済みの友人などいくらでもいる。一度告白を受け入れてから、今更拒絶するのは卑怯というものだ。

「あっ、お先にスンマセン。先輩、お次どうぞ」

バスルームから出てきた馬場は、腰にタオルを一枚巻いたきりだった。一瞬ドキリとしたが、すぐに馬場は「ええとバスローブは……」とローブを探し出したのでホッとした。なんとなくその流れで脱衣所に入ると、綾香はしゅるりと服を脱いでいった。

バスルームに入ると、鼻孔を潮の香りがくすぐった。香りの元は綾香自身の長い髪……潮風に晒されていたからだろう。綾香は熱いシャワーを出し、それを浴びる。熱い湯が肌に心地いいが、綾香の気持ちはまだ揺らいでいた。

(悪くないシチュエーションじゃない。彼は頼れるし、アタシのこと大事にしてくれてる。それ以上何を望むっていうのよ、アタシは)

迷いを吹っ切るように頭からシャワーを浴びる。

(はぁ……自己嫌悪。どんだけ理想が高いのよアタシ。なんでこうやって自分を納得させようとしてるのよ)

納得？　そんなに無理して自分を納得させなければならない理由が、馬場にあるのだろうか。彼は年下だが本当に綾香のことを楽しませようとして、いつも一生懸命で、そして自分を「愛してる」とまで言ってくれた。

考えれば考えるほど堂々巡りになる。他に好きな男がいるわけでもなし、いつまでも後生大事に処女を取っておく必要があるのだろうか。

(コウタ――――)

その時綾香の脳裏をよぎったのは、幼馴染の少年。

馬場と同じく年下だがまだまだ頼りなくて、でもだからこそほっとけなくて、いつまでも一緒にいたいって思える少年。

そんな彼の友達である馬場と今からするという罪悪感に胸を痛めつつも、綾香は身体を拭き、バスタオルを巻いてバスルームを出た。

その時だった。

「きゃっ？」

ふわりと身体が浮いたと思った瞬間、逞しい男の腕を感じた。

「え、ちょっと」

それはもちろん馬場だったのだが、あまりにも軽々と、しかも「お姫様抱っこ」をされたことに驚いて言葉が続かない。そのうえ彼の上半身は裸で、バスローブも着ていなかったのだ。

馬場は無言のままずんずんと綾香を抱いたままベッドに近づき、そしてそっと綾香の肢体をベッドに降ろした。大柄で逞しくは見えたが、まさかこれほど力強いとは思っていなかった綾香は、されるがままになるしかない。

「…………」

綾香をベッドに降ろすと、馬場は「ぎしっ」とスプリングを鳴らし、自分もベッドに上がる。さらに綾香の目を真っ先に引いたのは、彼の股間。風呂から上がった時とは違い、少年のそこはむっくりとタオルを持ち上げるほどに膨張していたのだ。

「あ、あの……私、まだちょっと心の準備、が……っ」

ぱさっと馬場が腰のタオルを落とすと、綾香は思わず息をのんだ。

男子の性器――陰茎、あるいはペニスが興奮と共に勃起することは知っていた。しかし馬場の股間のそれは、綾香の想像をはるかに超えるほどのボリュームで、天を仰《あお》ぐほどに反り返っていたのだ。

(びくびくしてる)

馬場は前を隠そうともしない。むしろ綾香の目がそこに向けられているのを承知したうえで、見せつけているようにさえ思う。それだけ自分のイチモツに自信があるということなのだが、綾香は馬場の意図にまでは思い巡らない。

(大きい……男の人のって、こんなに大きいものだったの?)

その時、馬場が動いた。上半身をゆっくりと屈め、綾香の耳元で囁く。

「先輩」

「っ」

馬場の太い指がバスタオルにかかると、巻いていただけのそれは簡単にほどける。

馬場は過程をじっくり楽しむように、ゆっくりゆっくりとバスタオルをはだけていった。綾香の真っ白で染み一つない肌が、露わになっていく。

(見られてる……アタシの裸、ぜんぶ見られちゃってる……っ)

「見ても、イイッスよね?」

「う……うん」

わぁ、と思わず馬場が声を漏らすほど、綾香の裸身は美しかった。

豊満な乳房、くびれた腰、平らな下腹部に萌えるアンダーヘアは、きちんと手入れされている。肉付きのいい安産型の腰回りからすらりと伸びた太腿の曲線に、馬場が生唾を飲み込むのがわかった。

「で……電気消して……」

消え入りそうな声でそう言うと、馬場は素直に電気を消してくれたので、綾香はホッとした。それでもカーテンの隙間から差し込む微かな月明かりで、夜目に慣れてしまうとある程度は見えてくる。

羞恥のあまり手で顔を覆っていると、馬場は「先輩」と言って綾香の身を起こした。そしてベッドの端に腰かけさせると、後ろから腕を回してきたのだ。

「あ……はっ、んっ」

大きな男の手が綾香の肉球を持ち上げる。そのボリュームを確かめるようにゆさゆさと揺らすように揉みしだくと、乳房の形が変形する。男子に胸を揉まれるなんて初めてのことだが、その感触は決して悪いものではなかった。

「先輩のおっぱい、柔らかいッス」

「や、やだ。あっ、は、んんっ！」

むにゅう、と指が乳房に食い込んでくるが、痛みを感じるほどではない。むしろ触れられた突起物がじいんと痺れて気持ちいい。乳房はおろか、乳首で感じたこともなかった綾香は、自分の身体の反応にただ驚くしかない。

「脚開いて……」

「ん……」

綾香が少し股を開くと、馬場の右脚が割り込んできて大股を開かされる。恥ずかしい、と思う間もなく両手の指先が乳首をつまみ上げてコリコリと捏ね始めたかと思えば、指でピンとはじいたり、指の腹で乳首を転がすように刺激してくる。

「んっ……あっ……」

意志とは無関係に、勝手に甘い声が漏れる。桃色の突起は完全に充血していて、さっきより敏感だ。「痛い」と「むずがゆい」の中間くらいの刺激で、それがまた綾香の口から喘ぎ声を引き出す。

（こんな、ちょっと手慣れてない？　やっぱり鉄男、経験あるんだ）

でももっと弄って欲しい、乳首をいじめて欲しい、そんな気持ちが湧き上がる。大きく開かれた股の中心、外気に晒されたそこが熱を帯びているのがわかる。

「あ、そこヤッ」

もっと乳首を弄って欲しいと思っている綾香の期待を見透かしたかのように、馬場はあっさりと綾香の乳房を解放した。それはより強烈《きょうれつ》な刺激の前奏曲にすぎないということを、綾香は知る由もない。

そして馬場の腕はそこからまっすぐ下がり、綾香の下肢の付け根……乙女のもっとも大事な部分にひたりと当てられ、肉の重なった部分をゆっくりと押し開いていく。

ちゅくっ……くぱっ……切なげな綾香の吐息に、股間から漏れ聞こえる生々しい音が被る。聞くまでもなく、自分のそこは既に濡れていた。

開いて、閉じて、また開いて、閉じて……十二分に成熟した少女の肉唇は、男の太い指にされるがままに弄ばれる。肉襞《にくひだ》……大陰唇《だいいんしん》自体が感じているわけではない。しかしそこを弄られると、もっとも敏感な部分が嫌でも刺激されてしまうのだ。

（そこ、クリトリス……ダメ、それ以上弄っちゃだめ）

「センパ〜イ。感じてくれてますぅ〜」

「やんっ！」

馬場の指先が、まさにその部分、クリトリスを指先でくりっと弄ったのだ。びりりっと電気の走ったような感覚が身体を走り抜ける。綾香には自慰経験はなく、自分でそこを弄ったことはもちろんない。しかし幾度となく馬場に抱きしめられ、唇を重ね、舌を絡めるという経験は、女体をすっかり「女」のものに変化させていた。

「あっ、ここ敏感なんスね。俺、あんま経験なくて。けど、感じてたなら今みたいに反応してくれたら嬉しいッス」

そう言うと馬場は綾香を振り向かせて、広い胸に抱きしめた。肌と肌の直接的な触れ合いに綾香は緊張するが、と同時に馬場の男としての頼もしさに胸が熱くなる。

「あ、あの……ア、アタシ初めてなの。だから、や、優しく」

「もちろんッスよ」

大きな手が長い黒髪を撫でる。風呂上がりでまだ少し湿り気の残った髪を、何度も何度も撫でられていると、それだけで心が落ち着いた。

「大丈夫ッス。俺も童貞だけど、先輩の嫌がることは絶対しません」

馬場が童貞だというのは、なんとなく嘘だと思った。けれど「嫌がることはしない」

というのは信じられるような気がした。綾香は言われるまま、ベッドに仰向けになって、片膝を少し曲げた。

「力抜いて……ホラ」

ちら、と足の方を見ると膝立ちしている馬場の股間が見えた。あの反り返った大きなものが、真正面からこっちを見ているのが見えた。アレが、自分の中に挿れられる……本当にあんなものが入るのだろうかと思いつつ、綾香は両脚を曲げて股を開いた。

(アタシしちゃうんだ。本当にしちゃうんだ。鉄男に処女を捧げちゃうんだ。でも、でもこれでいいんだよね)

そうだ、馬場は自分を愛してると言ってくれた。付き合いたいって言ってくれた。だから自分はそれを受け入れて、彼のものを入れられようとしている。

なにも、間違ってない。まちがってない。

「ゴムもちゃんと着けたし、じゃ挿れますね～」

とても童貞とは思えない軽い口調で、馬場は陰茎の先端を綾香のそこにあてがった。股間に触れたそれは想像よりずっと大きく、そして硬い。まるで握り拳でも当てられているようだ。

「ちょ、待っ」

ぐにぃいっ。処女肉を押し分け、「それ」が入ってきた。圧倒的な質量が膣口《ちつこう》にねじ込まれ、一気に亀頭が沈み込む。まだ処女膜には達していないはずなのに、ものすごい衝撃に綾香の息が止まる。

「っ、っっ……！」

反射的に股を閉じようとしたが、馬場の手が太腿をがっちり押さえつけて阻止《そし》する。

「閉じちゃダメッスよ～。しっかり開いたままでお願いしますね」

ぐぐっ、ぬぶぶっ。さらに挿入が深くなり、綾香は咄嗟に両手で口を押さえた。そうしないともっと恥ずかしい声が出そうだったからだ。

ずぶぶぶぅうっ。いきなり深くなった挿入に、綾香はたまらず口を押さえていた手を放し、そう叫んでいた。鋼鉄のような馬場の肉棒は一瞬のためらいもなく乙女の穢《けが》れなき膜を貫き、一気に深部まで押し入ってきた。

「あ、痛……ッ！」

「い……ひ、ぃ……やっ、待ッ……！」

今まで何者の侵入も許さなかった少女の処女穴は、無残にも冷酷な侵略者の前にあっけなく陥落した。窮屈な肉穴は内側からぐいぐいと拡張され、綾香は処女膜を引き裂かれる痛みと、肉を広げられる衝撃に身をよじる。

「あんっ！　あっ、あぁあっ、ぬ、抜い……」

　ここまで侵攻した征服者が、抜いてと言われて抜くはずがない。馬場は両手でしっかりと綾香の骨盤を押さえ込むと、さらに挿入を「ずず、ずっ」と深めた。

（い、痛いッ！　おっきなもので、身体が、お股裂けちゃう！）

　処女を失った悲しみだの、陵辱者への怒りだの、そんなものは微塵も感じない。綾香の頭の中にあるのはただただ衝撃と痛み、そして混乱。

「ふっ、ふっ、はっ、ははっ、はははっ」

　腰をずんずん振り立てる馬場の息遣いは、まるで高笑いしているようだ。事実、彼はようやくモノにした処女乙女の感触に夢中になっていた。己のイチモツでこの美しく可憐な少女の初物を奪ってやった、その満足感に腰が止められない。

「ん〜、どしたぁ〜？」

「あっ、あっん、ま、待っ……！」

　ぞわり、と首の後ろの毛が逆立った。初めて男のものを、それも馬場のような巨根をねじ込まれた激痛は凄まじかった。だが意外や破瓜《はか》の痛みは最初だけで、それはやがて疼痛に変わっていったのだ。

　そのかわりに押し寄せてきたのは、なんとも形容しがたい感覚。痛みとは明らかに異なる、未知の感覚に綾香はますます混乱する。

（なにこれ、なんで、お腹の奥が熱い！　熱いの、溢れちゃう……！）

「おほっ」

　調子よくピストンで綾香を責めていた馬場の表情がふと変わった。だがすぐ何かに気付いたように、れろりと舌舐めずりをすると、綾香の膣の感触を味わうように、ストロークの速度を落とす。

「ひひ、先輩……ま○この奥がトロトロですよ。これって、女が感じてる時に出すっていうあれですよねえ？」

「え？　え……？」

　自らの身体の変化に戸惑う綾香は、何を言われているのかわからない。だがその時、綾香の膣奥《ちつおく》からは濃厚なラブジュースが分泌され、無体に押し入った馬場の肉包丁に絡みついていたのだ。

　それは綾香が馬場を受け入れたということではない。

　女として成熟した綾香の肉体が、処女を奪ったオスを受け入れようと反応しているにすぎないのだが、馬場にとってはそんなことはどうでもいい。たった今、ヴァージンを奪ってやった女体を自分の支配下に収めたという、それだけが事実。

「どうッスか、感じてるんスか先輩？」

「わ、わかんない、わかんない……でも、へ、ヘンな感じが」

自分の声が妙に上ずって聞こえる。

破瓜の痛みはとうになく、下腹部の熱はまるで焼けつくようだ。馬場は腰を押さえていた手をずらし、乳房を力任せに揉み上げた。肉球の潰れる痛み、それさえもが快感の渦となって綾香の頭の中をひっかきまわす。

「あっ！　はっ、はぁ、あぁんっ！」

「初体験で感じすぎっしょ、先輩。そんな先輩見てると、俺も我慢できなくなっちゃうじゃないッスか」

「あぁあ〜〜〜っ！」

馬場はいきなりピッチを上げ、激しく、力強く綾香の奥を突き上げた。

ずしん、とお腹の奥の奥に衝撃が走り、またすぐ引き抜かれる。ずん、ずん、ずんと激しい律動を浴びせた後は、またゆっくりとしたスローペースで綾香の中の隅々を亀頭で撫でまわすのだ。

抽送《ちゅうそう》のリズムが変わる度、股間から響く水音も変化する。「ずじゅっ、ずじゅっ」の後は「ちゅく、ちゅく」と。肉と肉が擦れる音色が変わる度に感覚が変化して、綾香は身をよじって悶えよがることしかできない。

「ふぁっ？　あ、んぁ、んひぃっ！　やだっ、あっ、だめ、ぇええ〜っ！」

うっすら差し込む月明かりに照らされた綾香の裸身を、大きな影が覆う。馬場の大柄な身体がのしかかってきたのだ。綾香の股はますます押し広げられ、そこに浴びせられる容赦のないピストン。

「ねえ、もうイク？　先輩イッチゃいます？」

イク？　いくってなんだろう。ああそんなことよりお腹の奥がぐるぐるする。なんで私こんなことになってるんだろう。鉄男の、アレを入れられて、アタシ初めてなのに、初めてだったのに。なんでなんでなんで。

だが綾香の意志とは無関係にその肉体は馬場の猛攻の前にいっそう濃厚な蜜液を溢れさせる。擦り立てられる膣壁《ちつへき》、揺すぶられる子宮、根元までねじ込まれると、大陰唇がふるふる震えて馬場の下腹部と擦れ合う。

ちゅく、ちゅく、じゅぼっ、じゅぷぷっ。自分はまるで壊れた人形のようだ。馬場という悪戯っ子に乱暴に扱われ、滅茶苦茶にされて、それなのにそれを嫌だと感じるどころか、まったく正反対の熱情に綾香は支配される。

「あぁっ！」

両腕が持ち上がり、馬場の二の腕にしがみついた。極限まで開かれた下肢が馬場の逞しい腰に絡みつき、蛇のようにうねる。

「うぉおっ？」

驚いたのは一瞬、馬場はすぐ状況を理解して綾香の耳の後ろにぶちゅうと唇を押しあてた。ぐい、ぐいと膣の奥を力強く突き、綾香の耳に囁く。

「イクんスね、イキたいんスね……ねえ、もうイキそうなんすね？」

「はぁっ！　はっ、はぁ、ふぁっ……！」

綾香の目は虚ろで、もはや返答する気力もない。馬場が唇を近づけると、綾香は半開きの唇から舌を突き出し、自分から馬場に口づけをした。

（アタシ……アタシ、アタシ……ッッッ！）

びくんっ。腰が勝手に跳ね上がった。下腹に力が入り、馬場の腰に絡みついた下肢が痙攣《けいれん》する。馬場の二の腕を爪を立てるほど握りしめるが、綾香が意図してそうしているわけではない。

「先輩、いっしょに、イッショに……っ！」

「か、は………ッッ」

びくっ、びく、びくぅうっ。全身が硬直し、痙攣を繰り返す。身体のど真ん中、今まさに馬場の陰茎に貫かれた部分を中心にして、熱い衝動が波濤《はとう》となって綾香の全身を押し流していく。

だらしなく突き出た舌がひくひく震えているのがわかる。わかるけれどどうにもならない。荒れ狂う嵐に翻弄される木の葉のように、少女は為《な》す術《すべ》もなく凄まじいばかりの感覚の波に流される。

自分がどこにいるのか、どっちが上でどっちが下なのかもわからない。わかるのは唯一、自分が途方もない悦楽の中にいるということ。

(気持ちいい……きもちいいっ！　キモチィイイイイイ!!)

綾香は感じるままに絶叫した。


ゆっくりと視界が焦点を結ぶと、うっすら見えたのはホテルの天井だった。

「っ……はっ、あ…………」

「はぁ、はぁ、すっげ……先輩？」

肉感的な少女の肢体を抱きしめる逞しい腕。太腿に感じる筋肉質の脚。そして、股間にまだ埋め込まれたままの、硬い肉。

なにか言おうと思ったが、言葉にならなかった。まるでフルマラソンを走りきったような虚脱感の中、荒い息を繰り返す。

「先輩……俺、上手くできました？　童貞だからよくわかんなくて。よかったら、教えてもらえると嬉しいんスけど」

「…………んぁっ！」

びくっと震えたのは、馬場が陰茎を引き抜いたからだ。

純潔を失ったばかりの乙女の穴はまだ敏感で、初体験にもかかわらず経験した絶頂の余韻が続いていた。

馬場は処女穴の感触を楽しみつつ、コンドームの中に対象の精液を撃ち放っていた。

つまり綾香の大陰唇を濡らしているのは、他ならぬ綾香自身が分泌した愛液。そこにうっすらと混じっている赤は、紛《まぎ》れもなく処女の証だ。

「ちょっと、待っててくださいね」

そう言うと馬場はベッドから降り、どこかに行った。確かめようにも綾香は身を起こす気力すら残っていない。

「先輩、そのままッスよ」

「やんっ？」

ティッシュで股間を拭われ、綾香は子犬のような声を上げた。男子に股間を拭かれるなんて恥ずかしい、そんな当たり前の感覚がようやく戻ってきていた。

「さ、次はこれッスよ」

馬場は手にしたものを綾香の前髪に通す。それは綾香が着けていたカチューシャ。

「エッなんで……」

「やっぱ先輩にはこれが一番似合ってるッスよ。可愛いッスよ」

屈託のない馬場の笑顔に、思わず頬が熱くなる。そうだ、自分はたった今、この男に抱かれたのだとあらためて自覚する。勃起した男根をねじ込まれ、処女膜を貫かれて「女」になったのだ。

「鉄男、あの。アタシ」

「あ〜やっぱイイッス、めちゃ興奮ッス。あ、濡れ濡れのおま○こ舐めていいッスか」

「えっ⁉」

綾香の返事を聞くより早く、馬場は少女の股間に顔を近づけてきた。反射的に身をよじって避けようとするが、馬場の腕が太腿をがっちり掴んで放さない。

「そんなとこっ、ダメ、舐めるなんて、あっ。あぁあんっ！」

れろれろれろっ。生温かいものが綾香の秘唇を這いまわる。それが馬場の舌だというのはわかっているが、よりによって局部、排泄や経血に関わる部分をねぶられているという事実が、頭が沸騰しそうなほど恥ずかしい。

なのに馬場は何の抵抗もないのか、さらに舌先を奥に奥にと潜り込ませ、あまつさえ「じゅるる」と音を立てて、綾香の分泌した蜜液を啜りあげるのだ。

「あっ！　はぁんっ！　ダメそこ……っ」

「れろれろ、どうッスかこれ。クンニっていうらひぃんスけろ、じゅるっ、上手くできてまひゅか先輩、れろれろっ」

「はぁっ、あっ！　あっ待って、また……っっ」

馬場の巨根に処女を奪われ、わけのわからぬままにアクメに達した時の感覚がぶり返そうとしていた。だが今度は最初の時と違い、綾香ははっきりと意識を保っている。馬場に股間にむしゃぶりつかれ、女性器を舐めまわされている状況を明確に理解していた。

（し、舌がアソコに入ってくる！　あぁこんな、すごい……）

それは男根で膣を拡張されるのとはまた違う快感だった。

男根のように硬い芯を持った凶器ではなく、自在に蠢《うごめ》く蛇のような動きは、巧みに綾香の肉をかき分け、侵入してくる。馬場の舌はひときわ長いのか、信じられないほど奥まで入ってきて乙女の膣をぞりりとねぶりあげた。

「ひっ、あひ、ぃいっ！　ダメ、気持ち………！」

「れろっ、またイキそう？　初体験なのに、結構イキやすい体質なんスね。じゃあ」

愛液に濡れた顔を上げると、馬場は綾香に後ろ向きになるように言った。もうそういうふうに命令するのが当然と言った口ぶりだが、綾香は何の疑問もなく従う。床に膝をついてベッドに腹ばいになると、馬場に尻を向けたような格好だ。

「今度はこっちから……入れてイイッスよね？」

「はっ、はぁ、う、うん」

ぐりっ、と硬いものがあてがわれる、それも今度は背後から。

（お尻とか……アソコもぜんぶ、見られてる）

馬場と相対して顔を見られずに済むのはいいが、逆にもっと恥ずかしい部分をすべてさらけ出してしまっている。それに、この体勢には覚えがあった。

（あの時の、射的）

そうだ。初デートの遊園地の射的で遊んだ時、ちょうどこういう体勢だったんじゃないだろうか。あの時はテディベアを取るのに夢中で気付かなかったが、あの時の綾香もこういうふうに馬場に尻を向けた姿勢をとっていた。

（ばかばか、なんでこんな時に思い出すのよ綾香！　あの時は、アタシもデートで浮

かれてはしゃいでたから）

「行くッスよ」

「あっ」

ずぶぶっ。巨大な先端部が再び綾香の中に押し入ってくる。だが最初の時ほどの衝撃はない。それは二度目だからなのか、それともこの姿勢だからなのか、綾香にはわからなかった。

（もう、考えちゃダメよ綾香！　まるで射的の時からアタシが鉄男を誘っていたみたいに見えるじゃない。でももし……もし彼も私のお尻を見て、エッチなことを考えていたんだとしたら）

そう考えるだけで、ますます頬が紅潮する。

あんな情熱的な告白をするに至ったのは、もしかして自分が無意識に馬場を誘惑していたからではないだろうか。もしそうなら、こうして馬場の陰茎を突っ込まれているのはむしろ必然だ。

（アタシは……鉄男とこうなりたいって思ってたの、かな）

しかしもちろん、そんなことを口に出すことはできず、綾香は枕の中に甘い喘ぎ声を吐き出す。

「あっ、ん、んん〜っ！」

「どうッスか先輩、俺ネットで調べたんスけど、コレ一番奥まで届きやすいし、負担も少ない体位らしいンス。気持ちいいッスか？　奥まで届いてます？」

ぱんっ、ぱんっと馬場の下腹部と綾香の尻がぶつかる音が響く。

なるほど確かに正面を向いてする時より、角度が変わって負担が少ない。しかもその分、いっそう挿入が深まって、亀頭が膣の前の部分をぞりぞりと擦り立てる。そこから斜め上に突き上げるようなピストンを喰らうと、綾香の口から「ひっ、ふひっ」としゃっくりのような喘ぎ声が漏れる。

「どうッスか先輩？　ちゃんと教えて欲しいッス、俺ちゃんとできてるッスか？」

「あっ、あひぃ、ちゃんと、気持ちっ、気持ちよく……なって、る、から……っ」

「マジッスか、じゃあもっと頑張るッスよ！」

ぱんぱんぱんっ、ぱんっ、ぱんっ。背後からの激しい突き入れに、綾香は枕に顔をうずめて喘ぎ声をくぐもらせる。これ以上エッチな声を出したら、自分で自分がどうなるかわからない。

しかし馬場のピストンはさらに激しさを増す一方。馬場自身、ほぐれてしなやかさを増した綾香の肉穴の心地よさに「くそっ、この、オラどうだっ」と夢中になって腰を振り立て続ける。

（ダメ、どんどん気持ちよくなって、こ、このままじゃアタシまた、また、イッチゃうぅううっ！）

ぱぁんっ、ぱぁん、ぱぁあんっ。強烈な三連打に綾香の腰が浮き上がりそうになる。亀頭に激突された子宮がひしゃげ、もっとも深い部分で馬場の巨根が「びく、びくんっ」と跳ね上がった。

「あっ、い、イクゥウウウッッッ!!」

再びのアクメ。しかし今度ははっきり意識を保つことができた。膣穴が収縮し、陰茎を締め付ける。やがて、どろりと濃厚な愛液が子宮の奥からこぼれ出た。ぎりりと歯を食いしばるほど息苦しくて、呼吸が止まる。

「い、ひぎ、ぃ……っ、はっ、はぁ、んん……っっ」

イッた、イカされた。男に尻を突き出すような恥ずかしい格好で陰茎を突っ込まれ、子宮を突き上げられながら絶頂に達してしまった。両手がシーツを引きちぎらんばかりに強く握りしめていて、全身が愉悦に硬直してしまっている。

（あ、アタシ、イッてる……鉄男にイカされてる……）

もう、限界だと思った。こんな強烈な快感を立て続けに二回も味わって、もうこれ以上は無理だと思った。しかし馬場という男の性欲は、この程度で満足するような柔なものでは到底なかった。

ずるりと半萎えの肉棒を引き抜くと、馬場は手際よく精液の詰まったゴムを外し、新しいものに付け替える。すると程なくイチモツは、むくむくと元の大きさを取り戻していったのだ。

（あ、すごい……出したばっかりなのに、またあんなに大きく）

「へっへ、続けていきますよぉ。先輩がもっと気持ちよくなれるように、俺頑張りますから。じゃ、次はコレッス」

「きゃんっ？」

やおら腰を掴まれ、持ち上げられたかと思うと、馬場は大柄な体躯《たいく》とは思えない素早さでするりと綾香の身体の下に潜り込んできた。

「ほら、もっとこっち来て……そうそう、そこで腰を降ろして……っと！」

「あっ……！」

仰向けになった自分の身体の上に綾香を乗せた馬場は、亀頭を綾香の肉唇にあてがうや腰を突き上げたのだ。ぬぶりと肉を押し分け、そそり立った肉竿が真下から綾香を貫いた。

「あ……はあっ、んんっ！」

「下から突くのどうッスか？　俺、経験なくて自信ないんで～、さっきのとどっちが気持ちいいッスか？」

童貞とは思えないほど余裕たっぷりの口調で、ずん、ずんと腰をリズミカルに打ち上げると、綾香の腰が浮き上がる。正常位で突かれるのとはまた違った刺激に、綾香は「はっ、はっ」と舌を突き出し息を吐く。

自分では恥ずかしいと思うのに、どうにもならない。それどころか馬場の目の前で痴態を晒している自分自身にむしろ興奮してしまう。

「やっ、あんっ。だ、大丈夫、だか、らっ、あぁあっ！」

いきなり乳首に刺激が走り、綾香はふるふると身を震わせた。目の前でゆさゆさと揺れる綾香の左乳房に我慢できなくなったのか、馬場がニップルを舌で弄り始めたのだ。ちゅ～っと強く吸ったかと思うと、舌先で乳首を弄ぶようにれろれろと転がす。こりっと軽く歯を立てられると、じぃんと痺れるような快感が走り綾香は思わず「ひんっ」と鳴くような声を上げた。

「どうッスか先輩、ほらほらっ」

「やっ、ちょ、ちゃ、ちゃんと……ちゃんと気持ちいいから……あぁ、今度はそっち？」

左乳首から口を離すと、今度は右のニップル。その間も腰の動きは止まることなく、真下から綾香を串刺しにして悶えさせている。

(こ、コレ、こんなすごいの……童貞なわけないじゃない！　こんな、こんなの気持ちよすぎておかしくなっちゃう！)

がくがく、ぶるるっ。アクメの波が二回、三回と襲ってきて、手足と膣肉が痙攣を繰り返す。膣穴の隅々まで突きまくる陰茎の動きを感じる度、愉悦が溢れて、混ざって、綾香の意識を刈り取りにかかる。

こんなんじゃ何度だって快感の頂に達しそうだ。むしろ、もっと気持ちよくなりたい、気持ちよくして欲しい。そんな気持ちで綾香は髪を振り乱す。

「イ、イクゥウッ！」

綾香が絶叫すると同時に、身体の下で馬場が「うぉっ」と呻《うめ》いて腰を震わせるのがわかった。綾香が数回絶頂して、ようやく彼も射精したのだ。

(こ、これがイクっていうことなの……も、もうダメ……気持ちよくなりすぎて、なにも考えられない)

「せ、先輩……まじすげぇッスよ。こんなの俺も初めてッスよ……」

息を荒くしつつ、馬場は綾香の肢体を自分の上から降ろすと、自分の傍らに横たえさせた。ようやく解放してもらえるのか……と思ったのもつかの間であった。横向きになった綾香の背後から馬場が下腹部を押し付け、そのままずぶりと挿入してきた。

「あぁちょっと待って……わたし、私ヘンになっちゃ、う……っ」

「大丈夫ッスよぉ～力抜いて」

「あっ、はぁ、あんんっ！」

ただ挿入しただけではない。馬場は綾香の股間や乳房に腕を伸ばすと、指先でニップルやクリトリスをつまみ上げ、それを捏ねまわしてきた。

「はっ、あ、あぁあっ！　はひぃいぃっ」

膣と乳首とクリトリス。どこも神経の密集した敏感な場所を同時に責められ、綾香は首をのけぞらせて悶える。さっきイッたばかりなのに、また新しい快感が押し寄せてきて、綾香をただ一匹のメスに変えようとする。

「身体の芯から気持ちよくさせてあげますからね……身を任せて」

「はうぅうんっ！」

その後はもう、されるがままであった。

乳首とクリをいじめ抜いた後、馬場は身を起こし、ちょうど綾香の股間と自分のそこを密着させるような体勢で腰を振り立てた。ぬぷっ、ずぶぶっ、ぱちゅ、ぱちゅんっと艶めかしい音に、綾香の淫らな喘ぎ声が混じる。

「あぁダメッ……ダメェ……んっ、あっ」

「もう我慢なんかせず、思い切り声出してイイッスよ先輩。素の自分さらけ出して、一緒に気持ちよくなりましょッ！」

肌と肌、股間と股間が擦れる感覚、さっきとは違う角度で膣内を蹂躙《じゅうりん》する巨根。綾香は片脚をホールドされているので、逃れることすらできず、様々な体位で馬場に犯され続けた。

「イヤッ、こんな、気持ちいいっ、いいっ！」

「ねぇ先輩、今までの人生でこんな気持ちよくなったことってありました？　ねえありましたかって聞いてンスよ」

「な……ないよっ！　こんなの、こんな気持ちいいの初めてェッ、あ〜っ、またイク、イキそっ」

正常位に移行した馬場は完全に綾香を組み敷いていた。

単に体位だけの問題ではない、その身体と共に心までも組み敷き、自らの支配下に置いていたぶっていた。馬場のピストンの一突き一突きで、綾香は面白いように髪を振り乱し、我を忘れてよがり狂う。

少し腰の速度を緩めてやると、催促するように自分から身をよじり、馬場のイチモツを咥《くわ》え込もうとする、それも意識的にではなく無意識に身体が動くのだ。

「いいッスよ、イカせてあげますよ先輩。だからイクときはイクって言ってもらっていいッスか？　誰のちんぽでイクのか、言ってもらえたら俺、めちゃ興奮するんで！」

「う、ウン……ば、馬場くん、の……でっ」

自分の顔が、だらしなく呆けていることを綾香は自覚していた。なのにどうすることもできない、しようとも思わない。

（もっと……もっと、もっと欲しいっ、硬いのでイカせてっ！）

「俺の……なに？　はっきり言うッスよ先輩！」

「馬場くんの……鉄男のっ！　鉄男のチ、チンポで、イクッ！」

言ってしまった。口に乗せた鉄男という名前も驚くほどしっくりきた。

もう何度もイカされた、恥ずかしい格好も見られた。でももう恥ずかしいとかどうでもいい。もっとイカされたい、もっと気持ちよくなりたい。それ以外のことはもう考えられなかった。

「おっしゃイケイケッ！　オラ、イケェエエッ！」

「イク、ウゥウウウッッ！」

持ち上がった下肢が馬場の腰を強く締め付け、綾香は自分から腰を浮かせて馬場を迎え入れた。そしてやってくる強烈な快楽のビッグ・ウェンズデー。愉悦の波が綾香の意識を真っ白に染め上げる。

「イク……イッてる……いく、い……」

放心した顔で、綾香はうわ言のように「イク、イク」と繰り返す。その声は自分でもわかっていて、まるで壊れた人形のようだと綾香は遠のく意識でそう感じた。

だが不満はなかった。馬場は自分が望んでいたものを与えてくれた。馬場の顔が近づいてきて唇を重ねる。イチモツを膣にねじ込まれたまま、綾香は舌を突き出して馬場のそれと絡め合った。

「先輩、夜はまだ長いッスよ……俺はまだまだ全然イケますから、ゼッタイ先輩を満足させてあげるッスから……」

それから先の記憶は、飛び飛びではっきりとは覚えていない。

馬場の精力は自分で言った通り、尋常なものではなかった。最終的に東の空が白んでくるまで、綾香は馬場に犯され続けた。

馬場に跨った格好で腰を振り立て、乳房をぎゅうぎゅうと痛いほど揉みまくられていたような気がする。かと思えば、幼い子供のように膝に乗せられ、その体勢で陰茎をねじ込まれている自分の姿を姿見で見せられていた。

耳の後ろや鎖骨をねぶられながら、「いいッスか、気持ちいいッスか」と囁かれると、「いいっ、またイク、イクゥウ」と夢うつつのまま何度も繰り返していた。男と女の本物のセックスがこんなに強烈なものだったなんて、綾香は知らなかった。

何度ペニスを突っ込まれても、おま○こをかき回されても飽き足りることがなく、馬場に求められるままに貪欲に快感を味わい、緩みきった顔で犯された。

「そろそろラストスパート、かけていいッスか」

言われている意味がわからなくても、綾香はただ「いい、いいよっ」と口にしていた。気がつけば綾香は姿見の前に立たされ、馬場が背後から綾香を支えるようにして片脚を持ち上げていた。

大きく広げられた股間に、ずっぷりと勃起ペニスが突き入れられていた。その格好でぐいぐい腰を使われるとよろけそうになるので、綾香は馬場の首に腕を回し、懸命に彼にしがみつく。

「どうッスか先輩、コレいいっしょ？　ねえねえっ？」

「ああいいっ！　もうなんでもいいのっ、好きにしていいからぁっ！　イカせて、もっとアタシをイカせてぇえっ」

あられもない格好で陰茎を突っ込まれながら、「イカせて、イカせて」と懇願する綾香に、鏡の中で馬場がにたりと微笑んだ。

「先輩、気付いてます？　俺、ゴム着けてないんッスよ？」

「えっ」

「俺の好きにしていいって言ったじゃないッスか。それももう全部使いきっちゃったんス。しょうがないッスよ」

「そ、そんな、きゃっ」

馬場は綾香を支えていた手を離し、綾香は思わず前のめりになってベッドに手を付いてしまう。

「ほら、お尻上げて。後ろから一番気持ちよくなれる体位で突いてあげますよ」

綾香はバックから挿入された時のことを思い出し、背筋がぞわぞわ痺れるのを感じた。他のどんな体位も気持ちよかったが、バックから膣の前の部分を擦られる時の感覚はまた格別だった。

（アレをされたら……あぁ、入ってくるっ！）

「ほうら、奥までいくっすよ先輩！」

「ダ、ダメ、ホントに……」

「そらあっ」

ぱぁん、と勢いよく下腹部が綾香の尻に叩きつけられると同時に、子宮が持ち上がる。あの長大なイチモツがまるまる全部、綾香の中に収まってしまう。

「あっ！　ダメェエ！」

背後からの挿入、しかも馬場は避妊用ゴムを着けていないと言う。はっきり「着けていない」と言われたからかもしれないが、陰茎の熱や鼓動がダイレクトに感じられるような気がする。

（も、もし中で出されたりしたら）

綾香も馬場も学生の身、万が一にも妊娠などしてしまったら大変なことになるのは目に見えている。にもかかわらず、馬場はなにも着けていない肉棒で綾香の中を激しく擦り立てた。

「ホラホラッ、どうスか生チンポ！　気持ちよくないッスか、コレ？」

「あっ、あ、ダメェエ〜ッ」

ぐぐ〜っと子宮がひしゃげるほど奥を圧迫してから、一気に引き抜く。大きなストロークを繰り返し浴びせられると、「もし妊娠したら」などという言葉が遠ざかっていくのを綾香は感じた。

「じゃあやめますか？　ここまで来てやめれんの、コレ？　わかってますよ、滅茶苦茶気持ちいいんでしょ、俺のちんぽ」

「はっ、はぁ、あああっ！」

「先輩はさァ、真面目すぎるんス。大きな声で喘いじゃって、自分を解放しちゃいましょうヨ。他に誰も聞いてませんヨ、ほらイク時はイック～ッて」

馬場の言葉はさながら悪魔の誘惑であった。

この部屋には綾香と馬場の二人きり。綾香の痴態を見て、よがり声を聞いている者は他にいない。生ちんぽをハメられ、子宮を突き上げられ、イキまくっても、それを知る者は誰もいないのだ。

なら——それならイキたい……思いっきり気持ちよくなりたい……もうそのことしか考えられない。

「はあっ！　あっ、ん、ダメ、コレッ……これ、キモチイイィイッッ！」

凄まじいアクメの予感に、膝がガクガクと震える。今にも頽《くずお》れそうな綾香の骨盤を馬場の腕ががっちりと支え、ピストンがさらにスピードを増していく。

「ッシャオラッ！　いけ、イケイケイッチまえっ！」

ぱんぱんっ、ぱんっ、ぱんぱんぱんっ。何度もへたりそうになる綾香の腰を無理矢理持ち上げ、小気味よく膣奥をえぐる馬場の巨根。肉穴は既にアクメの痙攣を始めていて、馬場のイチモツをぎりりと締めあげる。

経験のまだ浅い、初体験の膣穴だけがもたらす至高の締まりに、馬場は「ぎっ」と歯を食いしばる。何人もの女子と経験を重ねてきた馬場にとっても、綾香の処女穴の心地よさはまるで別格だった。

「あっ、イッ、ヤッ……イク……も、ダメッ！」

びきっ、と綾香の手がシーツを引き裂かんばかりに硬直する。落ちかけていた膝が「びくんっ」という痙攣と共に突っ張って、あたかも綾香のほうから馬場の陰茎を迎え入れる格好になった。

「ヤだ、きっ、キモチイ……ッ！　ダメ、またイクッ！　イッちゃう、いっちゃうよぉ～～！」

「おふっ」

突き入れられた陰茎が、膣の中でぶるぶると跳ねる。

綾香の最奥部《さいおうぶ》に責め入ったまま、馬場がピストンを止めるのがわかった。やがて鈴口から噴き上がった大量のザーメンは、ほぼダイレクトに綾香の子宮口に激突し、膣内を満たしていった。

（あ、熱い）

膣内というのは実はあまり敏感な器官ではない。

しかし綾香は下腹部の奥底に、愛液の分泌とは違う熱を感じていた。内側から滲《にじ》み出る熱ではなく、外から注入された熱い塊……それが馬場の放った精液であるのは明白であった。

（出されてる……出されちゃった……中で、おちんちんがぴくぴくしてる）

さすがに萎れたペニスが引き抜かれた時、綾香は為す術もなくベッドに倒れ込んだ。

こんなふうに処女を失い、しかも絶頂してしまったのがショックでもあり、また嬉しくも感じられた。

「はっ……………はぁ……は……………ぁ…………」

腰がひっきりなしに痙攣し、熱いものが尿道から噴き出てシーツを濡らす。それが「潮吹き」であると気付くこともなく、綾香は声もなく荒い呼吸を繰り返すことしかできなかった。

（こんな……こんなすごいの…………アタシ、一生忘れられないよ……）

遠のきかける意識の中、綾香は妊娠の恐怖など忘れ、言いようのない満足感に包まれていたのである……。

「とまあ――」

ショックのあまり言葉も出ないコウタに、馬場は勝ち誇ったような笑みを向けた。

「これが綾香と俺の馴れ初め、初エッチの様子ってわけだ」

「うっ……く……っ」

「で、そのあと俺がどうしたと思う？　イッパツ決めたからって自分の女みたいな態度をとるのがいちばんダメだ。ここは……焦らしプレイよ」

馬場の言葉に新山たちも目を丸くした。

「先輩には俺とのガッツリセックスの快感を刻み込んでやったからな。けどそのあとのデートではせいぜいペッティングどまり……映画館で乳揉んだり、公園で太腿撫でたりな」

馬場への怒りを覚えつつ、コウタはその光景を思い描かずにはいられなかった。

（くそ……なんで綾姉は、こんな奴に）

「話はまだまだたっぷりあるからよ。じっくり俺と綾香の箱根旅行のこと、聞かせてやるよ……」

くくく、と馬場は悪辣な笑いを漏らすのだった。

第四章　焦燥

　もしかしたら、もう馬場と会うのはこれきりかもしれない。初エッチ後に馬場と別れて一人になった瞬間、綾香は思った。

　綾香の見る限り、童貞を自称する馬場は女の扱いもベッドの上でのテクニックも上手く、とても童貞とは信じられなかった。そのことで彼を責める気はないが、もし彼が綾香の肉体だけが目当てだとしたら、もう彼は目的を達してしまっている。

　ならもう彼が自分をデートに誘ってくることはないのかもしれない。

（でも、次のデートでいきなり二人きりの旅行っていうのはちょっとね……）

　思い出すのは、ホテルでの初体験を終えた帰りの会話だった。

「二人で泊まりがけの箱根旅行に行きませんか」

「えっ、て、鉄男と二人きりで？　む、無理よそんなのゼッタイ無理！」

「そうッスか……親父のコネで宿泊は無料なんスけど。今の時期、景色もすっげえ綺麗らしいんスよ」

　いくら身体を許した間柄になったからといって、男子と泊まりがけで旅行なんてできるわけない。第一、両親になんと切り出せばいいのか。なので綾香はきっぱりとその誘いを断ったのだった。

（ちょっと言い方キツかったかな。彼のこと傷つけちゃったかも）

それゆえ、もう馬場は自分に興味を失ってしまったのかもしれない。そんなことも考えたりした。しかし馬場と二人で泊まりがけの旅行というのは、やはりどう考えても難しいだろう。

しかし数日後、馬場はいつものような屈託のない笑顔で綾香の前に現れ、夜の公園への散歩デートに誘ってくれた。

そこで彼はいつも通りおどけて綾香を笑わせたりしていたが、やがて日が暮れて人気が少なくなると、当然のように綾香の肩に手を回してきたのだ。

（あ……もしかしてこの後、ホテルに誘われるのかな）

馬場の口づけを受けながら、どこかでそれに期待している自分がいた。

だが、馬場はゆっくり綾香から身体を放すと、少し照れくさそうにこう言った。

「あの……この前はゴメンナサイ。いきなり男と旅行なんて、無理に決まってますよね」

「えっと、アタシのほうこそ言い方がキツかったかも」

「俺、あれから考えたんス。先輩のこともっと大事に考えなきゃいけないって。だから俺、もう焦らないことにしたんス。先輩のこと大好きだから、ゆっくり時間をかけたいなって」

馬場の言葉に綾香は胸を撫で下ろす思いだった。

彼は女をものにしたからって簡単に飽きるような少年じゃない。それは今までの彼を見ていればわかることだった。

結局その夜のデートはキスだけで終わったものの、それからも馬場は定期的に綾香をデートに誘うようになった。そして綾香の馬場への信頼はますます強くなっていくのだった。

「先輩、やっぱ夜の公園ってのもいいもんスね」

「う、ウン」

馬場に誘われた何度目かの公園での散歩デート。池のほとりは意外と人通りが多く、会社帰りのサラリーマンなどが散見された。

そして池の周りを散策していると、水面を眺めていた綾香の肩を不意に馬場が抱き寄せてきた。

「あ」

なにも言わず、唇を重ねてくる。

舌を絡めるような濃厚なそれではなく、ちゅっちゅとついばむような、愛おしむようなキスに、ついうっとりと身を預けてしまう。多少人の視線を感じるのが恥ずかしいが、馬場は構うことなく綾香をそっと抱きしめ、キスを何度も繰り返した。

(今日も……ホテルには誘われないのかな)

そう思うと、お腹の奥が「きゅっ」と縮むような気がした。そうしてついつい、あの初体験の夜のことを思い出してしまうのだった。

数え切れないほど犯され、イカされた綾香は、最後に馬場の肉棒をしゃぶらされた。フェラチオ、という行為自体は知ってはいたが、よもや自分が本当に男のモノを口に咥えるとは思ってもいなかった。

だが——意外なほど、嫌悪感はなかった。

(これがアタシの中に入ってたんだ……)

「そうそう、上手いッスよ。あ〜、たまんねえ〜っ」

仁王立ちになった馬場の前に膝をつき、少し萎えた陰茎を口に含む。右手は馬場の太腿に、左手は茎の根元に絡めて頭を前後に振り立てた。

（しょっぱくて、変な味……でもあんなに何回も出したのに、まだ少しだけ硬い）

じゅぽっ、じゅぽっ、唇で茎を擦り、先端を舌でねぶり回すと、馬場は気持ちよさげな声を上げた。初体験を済ませたばかりの綾香にフェラテクなどあるはずもないのだが、少女はごく自然に頬をすぼめ、馬場のイチモツを強く吸い上げた。

「うぉ、それいいッスよ先輩」

さっきまで一方的に責められ、よがらされていた綾香としては、仕返しの気分で馬場の陰茎をしゃぶりあげる。

「あ〜もう我慢できねえッス」

「んんっ？」

馬場は両手で綾香の頭を押さえつけ、かくかくと腰を振り始めた。ギリギリまで我慢していたのか、ぬぶりと根元まで綾香の口の中を犯した瞬間、喉の奥に熱い何かがぶちまけられる。

けほけほと思わず咳きこんで陰茎を吐き出しそうになるが、馬場は「あ〜ダメダメ出さないで、ちゃんと飲んで」とまたねじ込んできた。綾香は目尻にうっすら涙を浮かべつつ、喉を鳴らして口の中の粘液をごくりと飲みほしたのだった。

（まさか、あんなことまでさせられるとは思ってなかった）

もしもう一度ホテルに誘われるようなことがあれば、次もフェラチオをさせられるかもしれない。夜とはいえ往来の公園脇でキスを交わしながら、むにゅ、むにゅっと尻を揉んでくる馬場に対し、綾香の心が少し曇った。

半ば無理矢理の調教じみたフェラチオのことを思うと少し気が滅入る。それでも実際に行為に入ったら拒むこともできないだろう。

しかし――。

「えっ？」

「ちょっと遅くなったッスね、そろそろ帰りましょう先輩」

結局その日、馬場は綾香をきちんと駅まで送ってそこで別れた。次のデートの約束こそかわしたものの、綾香の胸には不満というか不安の芽が生まれていた。

（アタシ、何か変な態度だったかしら。旅行の件は、彼も納得してくれたんだと思ってたけど）

そして日曜日、綾香と馬場は映画館に行った。前から見たかった作品なのに、綾香はまったく集中できなかった。馬場が自分をどう思っているのか、あるいはこれからどうしたいのかがわからなかった。

しかし映画の中盤を過ぎた頃だった。

（あっ）

さわさわ、と太腿をまさぐる手があった。確かめるまでもない、馬場の大きな左手がジーンズに包まれた綾香の太腿を撫でさすっていた。しかも右手は肩に回すふりをして、サマーセーターの上から乳房を揉んでくる。

（あぁ）

その時綾香が感じていたのは明らかに安堵だった。

馬場の手つきはいやらしくてねちっこくて、以前の綾香だったら頑として撥ね付けていただろう。けれど今は違う、馬場がまだ綾香に対して性欲を抱いているのだということを身体で感じられ、ホッとしていた。

（もう、ちょっと気を許すとすぐ調子に乗るんだから）

などと思いつつ、きっと映画の後にホテルに誘われるのだろうと思っていた。なのにその日も映画の後は食事をして、そのまますんなり別れたのだ。

（なんで……どういうことなんだろう）

それからも、綾香は馬場とデートを重ねた。もう真紀子にアリバイ工作など頼むこともなく、自分と馬場は付き合っているのだから当たり前だと言わんばかりに。休日ごとにデートしすぎたため、美術部の課題がおろそかになりかけたほどだ。

行き先はごく普通、カラオケＢＯＸやネットカフェ、公園の散策などなど。行く先々で馬場は綾香に対し、たびたび過剰ともいえるスキンシップを仕掛けてきた。

「あん……」

夜の公園のベンチでキスを交わした後、綾香は制服の前をはだけられた。緋色のネクタイをほどかれ、ブラウスのボタンを外され、ブラを上にずらされる。露わになった乳房に馬場が吸い付いてくると、綾香はその坊主頭を愛おしげにかき抱かずにはいられなかった。

「あん、乳首気持ちいいよ」

れろれろ、ぴちゃぴちゃ……馬場が頬をすぼめてニップルを吸い立てると、綾香の口から甘い声が漏れる。周囲に人影は少なく、いたとしても綾香達のようなカップルばかりだ。むしろ綾香はこんなにも睦《むつ》まじい自分達を見て欲しいとさえ思った。

「ね、ねえ……最近の鉄男って、何か雰囲気変わった？」

「そうッスか？　自分じゃわからないッスけど、俺は先輩のこと大好きッスよ。愛してるッスから！」

ネットカフェの個室で半裸にされた綾香の身体を弄びながら、馬場が満面の笑みで答える。膝の上に乗せられた綾香はスカートを脱がされ、前をはだけられ、正面から見ればブラとショーツ、パンストが丸見え状態だ。

馬場は背中から綾香を抱きすくめる格好で、乳房を揉み上げ、股間に当てた手を細かに振動させて綾香をよがらせた。

(あん、そんな刺激じゃ物足りない！　もっと、もっと奥まで弄って欲しいのに……)

すんでのところでおねだりするのは控えたものの、ネットカフェを出てからも綾香の股間は疼《うず》きっぱなしだった。

「やっぱり、もうアタシとはあの一回で満足しちゃったのかな」

その夜、綾香は自室で一人そうつぶやいた。

鉄男とのデートは相変わらず楽しく、彼は前通り明るく綾香に接してくれている。一応デートの度にスキンシップはしてくるのだが、なまじなスキンシップを受けるほどに、若い女体は疼きを覚えるのだ。

(本当は、あのホテルでの夜みたいなことをもう一度経験してみたい。あの信じられないほど気持ちよかったエッチを)

気がつけば綾香は勉強机に座ったまま自分の胸に手を当て、その柔らかな膨らみを揉んでいた。やがて少女の息は少しずつ荒くなり、そっと目を閉じるともう片方の手が股間に伸びていく。

それまで綾香は自慰というものをほとんどしたことがなかった。しかし馬場とのあの情熱的な体験を経た後、綾香は自分の身体を弄ることで快感を得られることを学んでしまったのだ。

「はぁ、はぁ、はぁ……」

でも足りない、自分で乳首をつまんだり、下着の上から股間を弄っても、それはほんの僅かな快楽を得られるだけで、あの時のような圧倒的な快楽には程遠かった。綾香は思い切ってショーツの中に手を差し入れ、肉裂を弄ってみた。

「んんっ」

さっきよりもずっといい、クリトリスも十分敏感になっている。それにそこは乙女の蜜液で溢れかえっていた。

(でもやっぱりこれじゃ……あの太くて硬くておっきいので、奥の奥までぐちゃぐちゃにかき回されたら、どんなにか)

馬場とのデートで軽いスキンシップを受ける度、綾香は初体験での強烈なアクメを鮮明に思い出す。それはもしかしたら自分の記憶の中で改竄されたものかもしれないが、それほどに馬場とのセックスは衝撃だったのだ。

「んっ、あぁ、あ……っ。あ、明日もデートなのに、アタシこんな恥ずかしいことしちゃってる」

いっそきっぱりもう飽きた、と言ってくれれば諦めもつく。しかし馬場はいつも通りの笑顔で綾香を迎えてくれるだろう。

(あぁ……したいっ！　いつまでもこんな生殺しが続いてたら、アタシ変になっちゃうかも……)

乳首とクリトリスへの刺激を続けていると、綾香の肩がびくびくと震え、少女は軽いアクメに達した。だがそれは満足には程遠いものだった。


その日のデートはカラオケBOXだった。最近のカラオケ部屋は完全防音の上に外から見えず鍵もかけられるようになっているので、ラブホテルに行く金がないカップルや、刺激を求めるカップルがラブホ代わりに使っていると聞いたこともある。

適当に飲み物――もちろんノンアルコール飲料だ――を飲みながら歌っていると、綾香の目はつい馬場の股間に注がれてしまう。そして空気が盛り上がるにつれて、明らかに馬場のイチモツが勃起していくのがわかった。

「先輩、さっきから俺のここ見てないッスか？　もしかして、気になってます？」

そう言って馬場は自分の股間をそれとなく示した。綾香は慌てて目をそらすものの、それは紛れもなく、綾香がそこを見ていたという証拠に他ならない。

「えっ、な、なんのことかしら？」

「先輩……よかったら、お願いできますか？」

そう言って腰を少し前に突き出すような姿勢をとった。そんなふうにお願いされては嫌と言うのもなんとなく憚られた。仕方ない、そんなふうにお願いされたんだから。あれは男の子の生理的な現象なんだから。自分に言い聞かせるように、綾香は馬場の下半身に手を伸ばしていった。

「あ、綾香先輩……ッ」

坊主頭の大柄な少年は、敢えて自分からはなにもしなかった。

されるがままにズボンのジッパーを下げられ、パンツの内側のモノを外に取り出された。少しひんやりとした少女の掌は恐ろしく心地いい。一方的に責められているようで、馬場は内心でしてやったり、という満足感を覚えていた。

最初のホテルでの経験以来、わざと過剰なスキンシップやホテルに行くことを避けて綾香を焦らしていたのが漸く効いたのだと確信していたのである。それは、何人もの女子をモノにしてきた彼の経験から得た知識だった。

せいぜい乳房を吸ったり太腿や尻を触ったり、キスをする程度に済ます。そうやって焦らしていれば、綾香はきっとあの夜のことを鮮明に思い出す。やがてはエッチへのハードルが徐々に下がっていくのだ。

そしてとうとう今日、自分から陰茎を握らせることにも成功したのである。

「やだ……こ、こんなに大きく？　それに、熱い……」

「うぅっ、最高に気持ちいいッス。俺、嬉しいッスよ先輩。先輩がこんなに俺のちんぽを欲しがってくれてたなんて」

「そ、そんなことないってば……」

手に握ったそれは鋼鉄のように硬くそそり立ち、男根独特の臭気を放っていた。口ではこんなことしたいわけじゃないと言いつつ、綾香はそれから手を放すことができなかった。

「せ、先輩、できれば口で……先輩の口でお願いします」

「えっ、こ、こんなところで……誰かに見られたら」

「平気ッス、わりと誰でもやってることッスよ」

そこまで言われたら、もう断りきれない空気になってきた。いかにもしぶしぶといった態度を装いつつ、綾香は身を屈めて馬場の股間に顔を近づけていった。

臭いがさらに強烈になってくらくらする。そうだ、自分はこの太くて長いもので処女を奪われてしまったのだ。そして何度もイカされてしまったことを思い出す。

（ああ、これ。これが男の子の匂い）

綾香は思い切って口を大きく開け、亀頭をパクリと口に含んだ。口の中に充満したペニスは驚くほどのボリュームで、息がつまりそうになる。けれどその大きさがなにより逞しく、胸が熱くなった。

「んっ、んふ、んぅう……ちゅっ、ちゅばっ。ど、どう、気持ちいい？」

馬場は綾香の上目づかいににたりと笑みを浮かべると、腰を上げて制服のズボンとパンツを一気に引き下ろした。下腹に力を込め、男性器をゆらゆらと重たげに揺らす。

綾香はさっきより深くまでそれを飲み込み、さらに右手を陰茎の根元に差し込むと、やわやわと玉袋を揉み始める。

「おぅっ、それたまんないッス！　ちんぽも金玉もどっちも気持ちいいッス」

頭上から聞こえる馬場の言葉にひそかな満足感を覚えながら、綾香は頭を振り立てた。舌で尿道をつつき、先端を吸い上げ、唇で茎を摩擦する。唾液の味に少ししょっぱい陰茎の味が混じる。

玉袋を弄るのは初めてだったが、彼の反応を見る限りは有効なようだ。こんな小さな袋の中に精子がたっぷり詰まっているかと思うと、なんとも不思議だ。

「うぅ、も、もう我慢できないッス、先輩。先輩の口の中に出しますから、の、飲んでくださいよ！」

それに応えるかのように、綾香は頭の振り立てを速くしていく。馬場の息は荒く、本当に我慢の限界なんだろう。

（そういえば、最初の時も飲まされたっけ……どんな味だったかな、よく覚えてない）

でもそれがちっとも嫌ではないということに、綾香自身が驚いていた。狭いカラオケＢＯＸで二人きり、男の陰茎を口と手でしごいて射精させようとしている自分。そしてここから発射される体液を、自分はこれから飲むのだと思うと、胸の熱さが止まらない。

（あぁ出されるッ、お口の中にどぴゅどぴゅされちゃうっ）

「うぉおおっ」

どぴゅっ、びゅ、びゅるる～っ。勢いよく放出されたザーメンが喉の奥に激突する。それはまるで糊のように綾香の喉奥に張り付き、一瞬むせそうになるが、綾香は自分から喉を開いてそれを嚥下《えんげ》した。

（すごい量、それに凄くどろっとしている。きっと彼もずっと我慢してたんだ）

そう思うと胸のドキドキはさらに高まり、綾香は頬をすぼめてまだ射精を続けている肉棒を強く吸引した。茎に残っていた最後の一滴まで吸い上げると、綾香は唇を離し、馬場に見えるように上を向いてそれをすべて飲み下した。

「はぁ、はぁ、はぁ……」

しかし馬場の精力はたった一度の射精程度ではものともせず、まだ硬さを保っていた。やろうと思えば三回、四回と連続射精できるだろう。もしかしたらこの後、ホテルに誘われるかもしれない。だが馬場は満足したように大きく息をつくと、さっさと陰茎をしまいこんでしまったのだ。

（え……自分だけ出して満足しちゃうなんて、なんかズルイ）

馬場の陰茎をしゃぶり、精液を飲み下したことで、綾香の身体はさっきより明らかに火照っていた。いちど火のついた女体は、そう簡単には治まらないだろう。しかしもちろん自分から馬場をホテルに誘うなど、綾香にできるわけもない。

そんなふうに不満を抱いていると、馬場は意外なことを言いだしたのだ。

「すげえよかったッス。あの……話を蒸し返すようで申しわけないんスけど、先輩。やっぱり二人で行きませんか……箱根旅行」

「はこね……」

口の中に残る精液を味わいながら、その言葉をぼんやりと聞く。

「俺、先輩のこと大好きだから、時間をかけて愛したいって思ってました。でももう限界ッス。二人きりになって、もっと愛し合いましょう、ねっ？」

馬場がじっくり時間をかけて自分を焦らし続けていたことも知らず、綾香はその申し出を素直に「嬉しい」と感じた。

それは馬場の誠実さだけではなく、他ならぬ綾香自身の身体が濃厚なセックスを求めていたことに他ならなかったのだ。

（二人で旅行なんて行ったら、きっともっとすごいことされる。この太くて硬いものでアソコをいっぱい気持ちよくさせてもらえるんだ）

両親への言い訳だの、アリバイ工作だの面倒なことは色々あるだろう。

しかし、綾香にとってはそれよりも馬場の巨根で犯されることのほうがよほど重要なことのように思えたのだ。

「俺、綾香先輩に関しては絶対いい加減な気持ちで言ってないッスから！」

「て、鉄男」

馬場は手早く身繕いを整えると、やおら綾香を抱きしめてきた。その広い胸と逞しい腕の太さにドキリとする。

（彼も……真剣にアタシのこと考えてくれてたのかな）

今までスキンシップにとどめていたのは、この旅行に綾香を誘っていいかどうか、迷っていたためかもしれない。それは裏を返せば彼が綾香を一人の女として求めてくれているということだ。

それは決して嫌なことには思わなかった。

「ちょ、ちょっと待って。今、友達に電話してみるから」

そう言って綾香はスマホで真紀子に電話をかける。程なく出た親友に「ちょっと頼みたいことがあるんだけど」と話している綾香を、馬場はまたあのいやらしい笑みで見つめていた。綾香が箱根旅行のためのアリバイ作りを友人に頼んでいることなどすべてお見通しだ。

「まだはっきり言えないけど……旅行行けそうだったら、連絡するわ」

「ありがとうございます、先輩！　俺、期待してますから！」

馬場は再び綾香を抱きしめ、唇を重ねてきた。

「バカ……」

そう言いつつも、綾香はいつしかその熱烈なキスと抱擁に身を委ねてしまっていたのだった……。

「あんた、本気で言ってるのそれ？」

カラオケの後、会う約束をしていた真紀子に、綾香は開口一番にそう言われてしまった。

今までも馬場とのデートが遅くなるような時は、真紀子に頼んで「自分と一緒にいます」と言い訳してもらっていたのだが、さすがに泊まりがけの旅行の口裏合わせには苦言を呈されてしまったのである。

「真紀子には、色々迷惑かけてると思う。悪いとも思ってるけど」

「そういうこと言ってんじゃないわよ！　馬場とかいったっけ、あんた本当にその男のことが好きなの？　体《てい》よく騙されてるんじゃないでしょうね」

真紀子は綾香と比べても「我が道を行く」タイプの性格で、面倒見がよく誰からも慕われている。だからそんな厳しい言葉が本当に綾香のためを思って言ってくれているということが、よくわかった。

「彼のこと、そんなふうに言わないで……少なくとも気持ちは真剣だよ私達」

はぁ～っと大きなため息をつき、真紀子は肩をすくめた。

「わかった、アタシもこれ以上はなにも言わない、協力するよ。ただ……いいの？」

「え？」

わかってんでしょ、と真紀子はどこか突き放したように言った。

「あんた、前にその馬場ってやつと遊園地行ったでしょ。その後、アタシたままコウタに会っちゃってさ。あんたと一緒に美術館に行ったたって嘘ついた」

「…………………」

「まあ一度ついちゃったもんは、二度ついても同じかもしれないけどね……綾香。あの子本気だよ。あんたもとっくにわかってんでしょ、あのコの気持ち。はっきり言ってやんのも優しさだよ」

「ウン……わかってる、わかってるよ。そのうち、ちゃんと言うから」

真紀子は綾香ほどではないが、コウタとの付き合いも長い。だから彼が年々美しくなる幼馴染に強い感情を抱いていることも理解していた。

しかし綾香はそんなコウタに嘘をついてまで、あの馬場という少年との泊まりがけの旅行に行くことを選択した。真紀子にはそれ以上もうなにも言うことができない。

綾香は少し寂しげな笑みを浮かべ、「それじゃね、真紀子」と言って背中を向けた。

夕暮れの風に揺れる長く美しい黒髪が徐々に小さくなっていく。親友に対して自分ができることは、二泊三日の箱根旅行のアリバイ作りに協力してやることくらいだ。

「……モテる女はつらい、ってか……」

第五章　箱根旅行　初日

　その日、桜庭綾香は箱根行きの電車に乗っていた。

　しかし彼女の前に座っているのは真紀子ではない。長身に筋肉質の身体と坊主頭。馬場鉄男である。

（あぁ、とうとう来ちゃった。真紀子、ちゃんと母さんに言っておいてくれてるかな）

　綾香が馬場と箱根に来ているのを知っているのは、真紀子だけだ。

　その真紀子にはいわゆる「アリバイ作り」を頼んでいた。だからコウタはもちろん、母親ですら自分が男と二人で旅行に来ていることは知らないだろう。

（昨夜も、コウタからメール来てたな……）

　自分にとってコウタは弟のような存在だった。ちょっと頼りなくて、それでもできることは懸命に努力する少年だ。綾香はそんな少年を好もしく思っていたし、できればずっと今のような関係を続けていきたいと思っていた。

　いや、本当は綾香もわかっていた。あの少年は弟ではなく一人の男として自分に意識してもらいたがっている。不器用ながらも綾香のことを常に一番に想ってくれる彼のことは本当に大事だった。

でも……今は違う。

「後二〇分くらいで到着っすよ、綾香先輩」

「う、うん」

シーズンオフと聞いていたが、箱根の山々は想像以上に美しく、空気も澄んでいて空は快晴だった。

「や～晴れてよかったッスね、先輩」

「ええ、そうね」

馬場の父親が経営するという和風旅館も、馬場本人は「ただ古いだけ」と言っていたが、風格のある立派な旅館だった。

「まさか鉄男のお父さんが、『あの』馬場グループの会長さんだったなんてね」

「スンマセン、自分から言うのもアレなんで黙ってました」

「ううん、ただちょっと驚いただけ」

「さ、ここの売りはなんといっても露天風呂なんスヨ～」

実際、馬場は自分が大企業グループの御曹司であるという事実を、巧みに使い分けていた。後輩達に威張る時には積極的に金で相手を釣り、ナンパをする時は相手によって態度を変える。

(綾香先輩はそんなことでなびくようなタマじゃねえだろうしな。けどだからこそ落とし甲斐があるってもんだぜ。この俺のスペシャルちんぽでな)


「ようこそいらっしゃいました」

「お待ちしておりましたよ、坊ちゃん」

「こりゃまたお綺麗な彼女さんですねえ」

「おい~、この年になって坊ちゃんはやめてくれよぉ」

旅館の玄関口に入ると数名の従業員がもてなしてくれた。皆ニコニコと愛想がいいが、なぜかロビーには他の客の姿が見当たらない。

「あぁ~、結構大口の団体客がキャンセル入っちゃいましてね。ほとんどお二人の貸し切りみたいなもんですよ」

シーズンオフには時折こういうことがあるらしく、従業員達はそのためか心なしのんびりしている。

「そんなことより部屋に荷物置いたら、早速露天風呂行きましょうよ。混浴ッスけど」

「え……」

「他の客もほとんどいませんけど、時々あいつらが入ってきたりしますからね」

聞けば客が少ない時には、さっきの従業員達も交代で露天風呂に入ってくるらしい。しかし馬場と彼らは昔からの顔なじみらしく、兄弟のような関係なので気にならないということだった。

（たかが露天風呂なのに、これ以上固辞しても自意識過剰と思われるかな）

そう思った綾香は馬場と共に大浴場に向かった。露天風呂も想像以上に立派で、湯気がもうもうとして、よほど接近されないと裸を見られることもないだろう、と綾香は少しホッとする。

「どうッスか〜、いい湯っしょ〜」

「ウ、ウン」

背後から馬場の声がして、綾香は少し身を縮める。だが馬場の大きな身体がざんぶと綾香の真横に身を沈めてきた。その時無意識に視線を馬場の下腹部にやってしまい、綾香は息をのんだ。そこにぶら下がっていた陰茎は勃起こそしていなかったが、いつにもまして立派なサイズだったからだ。

（あ、あれ、こんなに大きかったっけ？）

先日、カラオケＢＯＸでフェラチオをした時は、そうも感じなかったが、勃起していないというのに、馬場のペニスはかなりの巨大サイズだった。

「おほ、久しぶりだけどいい湯だ〜。先輩の美肌にもますます磨きがかかりそうッスね」

「そ、そんなこと」

思ったよりずっと近いところに、馬場の顔があった。

「先輩は今でも十分美人なんスけど、温泉効果ですげー色っぽいッス……」

「あ、ありがと」

そこで綾香は太腿に何かが当たっているのを感じた。位置的に、馬場の手でも脚でもない。ほとんど密着状態で触れているのは、股間にあった代物だ。

(コ、コレって当たってる……それにさっきから胸がドキドキして)

「肌スッベスベッスね〜」

そう言って馬場が肩に手を回してくる。触れられた瞬間、下肢の付け根が「きゅん」と疼いた。身体が火照っているのは、温泉のせいだけではないように思われる。

とうとう馬場と二人で泊まりがけの旅行に来てしまったからだろうか。こんな裸も同然の格好で密着しているから？　それとも……この後に起こることに期待しているからだろうか。

（だって……だって結局、あの夜以来、一度もエッチしてないんだもの。オナニーやフェラチオだけじゃ収まらない、もうずっと溜まってたのかしら）

恥ずかしい、という気持ちはあるが自分が抑えられない。やがて馬場の手が綾香の顎にかかり、顔が近づいてくる。これからキスされる。その後、もっとすごいことされちゃうんだ……そう思うと股間がますます疼いてくる。

「あれ〜、先入ってたんスか、気付かなかったっす」

ハッと顔を上げると、さっきの従業員達が露天風呂にいた。腰にタオルは巻いているが、もちろん風呂に入るので他にはなにも着けていない。

「あ、彼女さんもいたンスか、スンマセンちょっと温まってすぐ出ますんで」

「大丈夫、湯気のせいで彼女さんの身体なんか見えないッスから」

「ちょっと〜あんまジロジロ見ないであげてよ。俺の大事な恋人なんだから」

鷹揚に対応する馬場の前で、とりみだすのはためらわれた。それこそ自意識過剰な女だと思われるかもしれない。綾香はさっきより湯に身体を沈める格好で、曖昧な笑顔を浮かべた。

「いや〜、けど本当に彼女さん美人っすねえ。肌も白くてスタイルもよくて」

果たして本当に彼らには自分の裸が見られていないのだろうか。それにしては馬場と世間話をしつつも、彼らの視線が自分に注がれているように感じる。そのうちに湯船の端に腰をおろした従業員のタオルがぽろりと外れて湯の中に落ちた。

（み、見えてるし）

しかし従業員は隣の男と談笑していて、そのことに気付いていない。綾香は恥ずかしさを感じつつ、チラ見せずにはいられない。成熟した男の陰茎を見るのは、馬場以外では初めてのことなのだ。

（あの人のも、結構おっきい……勃起はしてないけど黒ずんでる）

見た目からして従業員は馬場より年上のようで、きっとセックスの経験もたくさん積んできているのだろう。そのうちに「じゃ俺らそろそろ〜」と従業員達は引き上げていったが、綾香の脳裏にはあの黒ずんだ陰茎が焼き付いている。

（ふう……ちょっとのぼせちゃいそう）

身を隠そうと全身湯に浸かっていたため、頭がぼ〜っとする。身体の前をタオルで隠して馬場に背中を向けると、馬場はいきなり背後から抱きついてきたのだ。

「きゃっ？」

「しっ、先輩。声出すと、あいつら振り返りますよ」

そう言われては声を出すこともできない。そんな綾香の耳元で馬場は囁く。

「さっき……キスできなかったじゃないッスか。だから……ね」

首を横に向けると、馬場のほうから唇に吸い付いてきた。ぬるりとした舌が唇を割ってくる。ねちょねちょ、れろれろと濃厚なキスを交わしていると、それだけで乳首がきゅんきゅん疼くのがわかった。

わざわざ見なくてもわかる、そのピンクの突起物は硬く充血し、しこっていることだろう。それに湯に浸かっている下肢の付け根の奥……そこは明らかに温泉の湯よりも熱く火照っていた。

いや、正確には花びらの奥に、ねっとりと熱い乙女の蜜がたっぷり秘められているのだ。指で僅かにでも花弁を開けば、それはたちまち膣穴から噴きこぼれてくるだろう。

ちょっと一緒に露天風呂に入って、キスをされただけなのに、こんなにも敏感になるだなんて、自分で自分の反応に驚いてしまう。

(おっぱいも熱いし、アソコも熱い……やっぱり、アタシ期待しちゃってる)

もうこんな半端なままでいるのは到底不可能だ。しばらく熱いベーゼを交わしてから、二人は部屋に戻った。

夕食はさすがに老舗旅館らしく、贅を尽くしたものだった。綾香はまだ温泉の火照りが残っていたのであまり食欲はなかったが、馬場は大柄なぶん健啖家《けんたんか》で、見ていて気持ちいいほどの食べっぷりを見せてくれた。

もちろん食事をしながらの会話も弾み、綾香もリラックスすることができた。しかし食事を済ませてしばらくすると、お互いに口数が少なくなっていく。気まずいのではなくその逆……部屋の外はしんと静かでその静寂が心地よい。

どちらからともなく肩を寄せ合っていると、馬場の体温が伝わってくる。

(いよいよ……久しぶりにしちゃうんだ。この三日間の旅行で……)

部屋の電気を消すと、馬場はおもむろに浴衣を脱いで綾香を布団に押し倒してきた。

パンツ一枚になった馬場がのしかかってきて、綾香の浴衣の帯を緩める。首筋に舌を這わせながらそっと前をはだけ、乳房を露出させた。

「んっ、はっ……んんっ、はぁ……ん」

既に硬くしこったニップルを指先につままれ、コリコリとほぐされると、じわぁと快感が広がっていく。浴衣に擦れた反対側の乳首も同じくらい気持ちいい。

(やっぱり、自分で弄るのと全然違う……あぁ、もっと弄って)

すう、と右手が綾香の太腿の間に差し込まれた時、綾香は自分から脚を軽く開いてそれを受け入れた。ごく自然に綾香の腕が馬場の首に絡みつき、首筋への愛撫をねだると、馬場は待ちかねていたように綾香の耳たぶや耳の後ろといった敏感な部分にキスをして刺激を与えてきた。

「はぁ……あっ……」

うっすらと目を開けると、外からの薄明かりに照らされた馬場の厚い胸板が見えた。くっきりと割れた筋肉の線がいかにも男性的で、その筋を見ているだけで胸の動悸が高鳴っていく。

馬場がこのまま陰茎を露出させ、綾香の中に押し入ってきたとしても、拒めなかっただろう。むしろ、それを待ち望んでいたのかもしれないとさえ思う。

しかし、馬場は途中で手を止めるとスッと身を引いてしまった。

「じゃ、明日も早いんで今日はもう寝ますか」

「…………えっ……」

大柄な少年は裸の格好のまま窓際の椅子に座って、綾香に背を向ける。そしてとても静かで穏やかな声音を発するのだった。

「正直、先輩とエッチしたいってのは山々なんスけど。無理にっていうか、俺の欲望をただぶつけるような強引なこと、もうしたくないんス。だから……綾香先輩の気持ちをなにより尊重したいんス」

「アタシの……気持ち」

「お互い同意の上じゃないと、やっぱ俺も嫌なんで」

その言葉に綾香はハッとした。最初はたった一度きりのデート、でも馬場とのデートの楽しさについつい流され、デートを重ねた挙句、今度は彼の強引な告白に心が揺れた。

思えば自分はムードに流されるばかりで、本当に馬場の気持ちなど考えていなかったのではないだろうか。さっきの彼の言葉には真実味があった。そう考えると自分で自分が恥ずかしくさえ思える。

(こ、こんな状況だからこそ……アタシは自分の意志で決断しなきゃいけないんだ。そうでないと彼に対して不誠実になってしまう)

「綾香先輩、ちょっと意地悪なこと言っていいッスか」

少しだけ振り向いて馬場は言った。

「え?」

「俺、ちゃんと言って欲しいんスよ。ちゃんと先輩の気持ちを大事にしたいんで。先輩の正直な気持ち……言って欲しいッス」

そう言うと彼はまた背中を向けてしまった。

もしここで自分が「やっぱり嫌だ」と言えば、彼はおそらくやめてくれるだろう。二泊三日の楽しい箱根旅行を楽しませてくれるだろう。

けど、そうなったら自分はまたずるずると馬場とデートを重ねてしまうのだろうか、この悶々とした気持ちを抱えたまま。

いつまでも、こんなことしてちゃいけない。

綾香はぽすんと布団に仰向けになると、片腕で顔を隠した。顔を見られるのは恥ずかしかったが、それでもはっきりとした声音で、一単語一単語、馬場に聞こえるように言った。

「あ、アタシも………したい、かな。て、鉄男と」

ついにその一言を口にしてしまった。けれど綾香の心に後悔はなかった。馬場が身を寄り添わせてきても、むしろそれが嬉しいとさえ思う。ボクサーパンツを穿いた彼のそこは暗がりでもありありとわかるほどに膨らんでいる。

彼もまた自分と結ばれることを切望していたのだというのがわかる。

「嬉しいッスよ、これでお互いの心が通じ合ったってことッスよね。好きッスよ先輩。先輩も、俺のことを」

馬場の手がショーツにかかるのがわかる。それが下がっていくと、股間を唯一守っていたものが剥《は》ぎ取られていく。分厚い馬場の手の温もりを感じながら、綾香は言った。

「………す……好き、よ」

浴衣の前は完全にはだけられ、馬場の手が両膝にかかると、綾香はためらいなく自ら股を開いていった。つい先日まで処女だった肉裂が「くぱり」と開くと、幾重にもなった肉襞の奥からとろりと熱い蜜がこぼれる。

「すっごい濡れてるッスね。期待してくれてたってことでいいッスか？」

「やっ……」

だがその「嫌」はもう拒絶の意味を持たない。実際、馬場の坊主頭が少女の股間に近づいてきた時も、綾香は股を閉じようともしなかったのだ。

「いただきまひゅ……ん……おいひ……っ」

「ひゃっ？　やっ、ん……っ！」

じゅるっ、じゅるるるっ、馬場はわざと大きな音を立てて、綾香の淫蜜を啜りあげた。その度にクリトリスに振動が伝わって、切ない声が漏れる。だがその程度の刺激では、本気でアクメには達することができない。

「先輩、相当溜まってそうッスね。一回、イッちゃいましょうか」

「あぁっ、ダメッ……チョ、待っ……ッッ」

ここで馬場は愛液まみれの顔を上げ、やおら綾香の片脚に腕をかけた。そして右脚を大きく上げさせるように股を開かせると、右手の中指と薬指を少女の秘裂に捩《ね》じり込んできたのだ。

「あっ！　イッ、ヤ……だめッ！」

「いきなり本気アクメなんかしたら、身体が持ちませんよ。大丈夫、かる〜く溜まったものを出すだけッスから」

「ひぃいんっ」

くっちゅ、くっちゅ、くっちゅ……手首のスナップを器用に利かせ、馬場は二本の指で少女の肉穴をリズミカルにえぐる。それも膣奥ではなくごく浅い部分を、指先で擦りあげるようにされるとたちまち快感の水位が上がる。

「いや、漏れ、漏れちゃう、おもらししちゃうふぅう」

「大丈夫ッス、それは大人の女のお漏らしッスよ、ね、思いっきり……」

「だめ、だめぇえぇ〜〜〜っっっ」

ぷしっ、ぷしゃぁあああっ。少女の股間から噴き上がった透明な液体は、確かに失禁ではない。いわゆる「潮吹き」……溜まりに溜まった綾香の欲求不満が、馬場の巧みな指技によって解放され、放出されたのだ。

しかし潮吹き体験はよほど強烈だったのだろう、馬場に「ほら、後ろ向いて」と言われるがままに、浴衣も全部脱がされた全裸状態で四つん這いという恥ずかしい姿勢を取らされてしまった。

（この格好、前にも……う、後ろから挿れられるの？）

馬場とホテルに行ったあの夜、この格好で挿入されたことを思い出す。正面からとはまた違った感覚に、自分はエッチな声を上げて悶えてしまった。

馬場は綾香を背後から抱きしめるように、鎖骨の辺りに舌を這わせる。そこから背骨に沿ってちゅっちゅとキスをしながら、お尻の割れ目の上、左右の尻肉へのキス、そしていよいよ核心部分に近づいていった。

「あっ⁉」

だが馬場はそのまま挿入するのではなく、舌を膣穴に潜り込ませてきたのだ。にゅるっ、ぐにゅ……陰茎ほど硬くも太くもない、しかし蛇のように自在に蠢くぬめぬめとした舌が綾香の肉を押し分け、奥に奥にと侵入してくる。

「やっ、それちょっと待っ……はぁっ、ああんっ！」

ペニスに犯されるのとはまるで違う舌挿入に加え、クリトリスを指ではじかれて綾香は身をのけぞらせて悶えた。

馬場の舌はよほど長いのか、むりむりと深度を深め、ついには子宮に程近い部分にまで達していた。ピストンではなく、膣穴全体をねぶり回されるというまったく未知の感覚に、綾香はただただよがり身悶えるしかない。

(お腹の奥と、クリトリス同時に……っ。なにこれ、気持ちよすぎ……っ)

クリトリスへの刺激が外から内への刺激とすれば、子宮口への刺激は内から外へと迸《ほとばし》るような刺激だった。その両方を同時に味わわされ、綾香は布団に突っ伏し、肩をぷるぷると震わせた。

「ダ……ダメコレッ！　あ～んんっ、気持ちいい、コレ気持ちいいィイッ！」

気持ちいいのは子宮口ばかりではない、自在にうねる舌が膣穴全体を嬲《なぶ》り、綾香に屈服を迫ってくる。逃れようにも四つん這いという不安定な体勢では、腰にまったく力が入らない。

いや――――それ以前に、綾香には逃れようという意志すらなかった。

(くる、きちゃう……おっきいの来て、イカされちゃう。ああもう少し、もう少しでアタシすごいのきちゃう！)

来《きた》るべきアクメの予感に綾香は打ち震え、その瞬間を待ちわびた。

「ンンッ、イッ……」

イク、と口にしそうになった瞬間、ああなんとしたことであろうか。馬場はあっさりとクリトリスから指を離し、深くねじ込んでいた舌をぬるりと抜いてしまったのだ。

アクメの八分、いや九分近くまで引き上げられていた綾香の感覚はお預けを喰らい、びく、びくっと腰が震えた。

(なんで……どうして……)

ついに手足から力が抜けて、布団に仰向けになってしまう。足元に目をやると、ボクサーパンツを脱ぎかけている馬場がいた。いまにもパンツを突き破らんばかりだったイチモツはかつてないほど勃起していて、反り返った先端は臍《へそ》にくっつきそうだ。

「じゃあ、入れよっか」

「う、うん……」

馬場が綾香の脚の間に腰を割り込ませてくるが、股間のものに避妊具を着けていないことにふと気付く。

「ダメ……ちゃんと、着けて。あ、アタシのバッグの中にあるから」

「…………ソッスね」

しばしの沈黙の後、馬場は綾香のバッグからコンドームを取り出して陰茎に装着した。その沈黙の意味を理解し、綾香の頬が熱く火照る。避妊具を持ってきたということは、綾香自身が馬場とのセックスを望んでいた何よりの証拠だからだ。

「嬉しいッスよ、先輩。ちゃんと俺のこと受け入れてくれてる気がして」

そう言うと馬場はにっかりと明るく微笑んだ。その笑顔を見ていると、綾香はこうなってよかったのだとあらためて感じてしまう。

「愛してるッスよ、先輩」

くちゅ……と先端が乙女の入り口にあてがわれる。さっき舌でねぶり回された綾香のそこは、既に溢れかえらんばかりの蜜で溢れている。馬場がほんの少し腰を前に進めただけで、肉穴は巨大な亀頭をあっさりと受け入れてしまった。

そのボリューム感、存在感に首の後ろがぞくぞくするが、そんな表情を見られたくなくて綾香は手で顔を隠した。

「鉄男……」

「はい？」

膣穴はもう茎の三分の一近くを飲み込んでいた。けれど馬場の巨根はもっともっと奥まで綾香の中に入ってきて、綾香を己のものにするだろう。そしてそれこそが、自分の待ち望んでいたことなのだ。

「あ……………愛して、る……」

その言葉に応えるように挿入が一気に深まった。

ずぶずぶ……ずぶずぶ、まだだ、まだ止まらない。それどころか勢いを増した肉の侵入者は、最初の一突きでその根元まで押し入ってきた。綾香と馬場の下腹部が「ぱんっ」と音を立てて激突した。

「はぁあんっ！」

あまりに大きな自分の声に、綾香は反射的に口で手を押さえた。しかし馬場は猛烈なピストンを浴びせかけてきたのだ。

ぱんっ、ぱんっ、ぱんっ、ぱんっ！

馬場が自分をどう思っているのか、どう感じてくれているのか、言葉は必要なかった。力強い下肢の動き、膣穴を深くえぐる勃起した巨根。それだけで十分だった。

そしてその強烈なピストンは、処女を失った時のことを綾香に想起させた。はしたなく叫び、悶え狂った夜を思い出して顔が熱くなる。

（ああコレ……アタシやっぱり、あの時のことが忘れられなかったんだ。忘れられなくて、あぁコレ！）

ぱんぱんというピストンのリズムをまったく落とさず、馬場の両手が綾香の乳房に伸びてきた。その指先につまみ上げられたのはピンク色の突起物。コリコリと硬く充血したニップルを思い切り捩じり上げられると、鋭い痛みと快感が押し寄せる。

「あっ！　はぁ、あっ！　もっダメっ、気持ちい……っ！」

さんざん乳首を弄られながらの強烈ピストンに、綾香はもう何度も軽いアクメに達していた。だがまだだ、まだ足りない、もっと気持ちよくなりたい。ほとんど一八〇度に股を広げた状態で馬場の巨根を味わっていると、いきなり両腕を掴まれて引き起こされた。

「あひんっ」

「いいんスよ綾香先輩、もっと正直になっても……ねっ、ほら今度は先輩が上になって」

「あはぅうっ」

ずぶずぶ、と真下から肉棒が突き上げてきて、仰向けになった馬場の上で綾香の肢体と黒髪が揺れる。

「ほら、ハジケちゃいましょうよぉ。もうモロ見えッスよ、全部！」

「やっ、はぁ、あ、あぁ～～っ！」

さっきより、挿入が深い。その理由も綾香は理解していた。馬場が腰を突き上げているだけでなく、綾香自身が淫らに腰を振り立て、馬場のイチモツをより深く咥え込もうとしているのだ。もう、自分で自分が止められない。

ずぽっ、ずぽっ、ぱん、ぱんっ、という淫らな結合音に綾香の喘ぎ声が混じる。

「はっ、あっ、あた、アタシ……はぁあ……っ」

「どうッスか、こうなるの期待してたんでしょ。俺にずっと焦らされ続けて、今日の旅行……コウタにも内緒にして来たんでしょ?」

「こ、コウタは、か、関係な……あぁあっ!」

馬場は身を起こし、綾香の腰をぐいと抱き寄せた。すると膣の中の陰茎の角度がまた変わる。その状態でぐいぐいと腰を抱き寄せられると、あまりの気持ちよさにもうなにも考えられなくなってくる。

「ほらほらどうなの? 正直に言っちゃいなよ」

「あっ、あぁ……ずっと……ずっと、したかったあぁ～っ! 鉄男とセックス、鉄男ので、あぁあっ、イクゥウッ!」

一度口にしてしまうと、後はもう自分がどうなるかわかっていた。

綾香は馬場に抱きついてキスをすると、れろれろと舌を絡めた。じゅるると馬場の唾液を啜りあげると、さっきの夕食で飲んだコーラの味がした。そして馬場の首筋から熱い胸板に舌を這わせながら、もうなりふり構わず腰を振り立てずにはいられなかったのだ。

「はっ、はぁ～っ、あ、あぁ……っ！」

「そんなに自分から腰振っちゃって、俺のちんぽそんなに気持ちいいんスか先輩？」

「キ……キモチ、キモチイイ～ッ！　おっきいのいい、イク、イクゥウ！」

いや実際にはその時既に綾香はアクメに達していた。達してもなお貪欲に腰を振る綾香を、馬場は敢えて自由にさせていた。事実、まだ経験の浅い綾香の腰使いは、お世辞にも上手いとは言えない。

しかしこうして自分から腰を振り立てて快感を貪る様が、なんとも馬場の欲情を駆り立てるのだ。この女食いの少年は、快感を知った女はこうして自由にさせてやったほうが、自分の一番感じる部分で男を味わうことができるということをよく知っていた。

「うぉ、先輩締まる……っ」

馬場は敢えて自分も快感を我慢しているような声を上げた。まだまだ射精には程遠かったのだが、こうして「一緒に気持ちよくなっている」という感覚が女の心を開かせるのだ。

「あんっ、ダメもぉ……またイッちゃう、何回もイッちゃう、あぁああ～～～っっ」

「いいッスよ、何度だってイッてください先輩！　先輩のトロトロマ○コ、すげえエッチにひくひくしてます」

馬場のあからさまな言葉に、綾香の頬が染まる。

しかし恥ずかしさよりも馬場が喜んでくれているのが嬉しかった。

久しぶりのセックス、久しぶりの本気アクメに飲み込まれた綾香は、馬場としっかり抱き合う。その熱い胸、太い腕に抱かれるのが心地よい。

（これ……アタシはこれがずっと欲しかったんだ。アソコを舐められるのも、おちんちんしゃぶるのもいいけど、こうして硬くておっきなのをお股で咥え込んでるのが一番気持ちいい……っ）

対面座位状態で繋がった格好で、綾香は何度も何度も昇天した。昇天しても馬場の巨根はなお硬く大きく、綾香の中心を貫き突き上げる。あまりの心地よさに綾香の意識が遠のきかけると、すかさず馬場の腕が綾香の腰を抱き寄せ、新たなアクメ声を引き出してくれるのだ。

（すごい……馬場くんってやっぱりすごい……）

もちろん綾香は馬場しか男を知らない。だが他の男子……例えばコウタがこんなべッドテクニックを持っているとは思えない。

気がつけば馬場が綾香の乳房に顔をうずめ、左右の乳首をぺろぺろちゅうちゅうとねぶっていた。

「あっ、それダメ」

「ダメってことは、いいってことっしょ。綾香先輩は乳首も感じやすいんスね。本当に、おっぱいもま○こも身体中エロエロッス」

「あぁん、そんなこと言っちゃダメぇ……」

力なく喘ぐ綾香の声が頼りなくなってきていることに、馬場は気付いていた。さっきから小さなアクメを連続して感じているので、そろそろ限界が近いのだろう。

ここらで一発でかいのを感じさせてやろう、と馬場は綾香の乳首を吸いながらにやりと笑った。

「あぁっ、俺もう限界ッス！　こんなエッチな先輩見てると、も、もう自分が抑えられないッス！」

そう叫ぶや、馬場の動きが激しくなった。さっきまで腰を振るのは綾香に任せていたのだが、今度は自分から積極的に腰を突き上げ始めたのだ。巨根の激しい突き上げに綾香の身体が浮き上がる。

「ひいっ、キモチイイイッ！」

長い黒髪を振り乱し、綾香は白い首をのけぞらせた。

もう自分で腰を振る余裕などない、されるがままに巨根で膣穴を、そして子宮を突かれ、ただ馬場にしがみつくことしかできないのだ。

「あぁこれイイッ、これ、これをずっとして欲しかったのぉおっ！」

「俺もッスよ、先輩！　俺幸せッス、綾香先輩とまたこんなことできて、もう最高ッス！」

口ではそう言いつつ、馬場にはまだまだ余裕があった。しかし綾香はそうはいかない。絶え間なく襲ってくる快感にわけがわからなくなり、ただ喘ぎ悶え、乱れるのみなのだ。

「あっ……いい、イクッ！　いくぅうっ」

（そろそろか……存分にイキ狂っちまえよ！　お前の身体はもう俺のもんだ！）

もちろんそんなことを口に出せるわけもないが、馬場はそれを態度で示す。なおよがり悶える乙女の肉穴を巨竿で穿《うが》ち、えぐり、掘削する。

「ひい、ひぃ……イッ……あぁあ～～～っ、イク～ッ！」

馬場の腕の中でガクガクと痙攣を繰り返す綾香。だがやがてその肢体がゆっくりと弛緩していく。試しに「先輩……？」と声をかけてみるが、返事はなかった。完全に巨大アクメに達し、失神してしまったようだ。

「へっへ、磨き続けてきたおれのセックステクニックの前にゃ、経験の浅い綾香先輩だとこうなっちゃうわな。布団ぐしょぐしょじゃねえか」

馬場は少女の身体を軽々と持ち上げて陰茎を抜くと、どちらかというと優しい手つきで布団に寝かせてやった。だがそれはもちろん、女性へのいたわりから来る行為ではなかったのだ。

「まだまだ、楽しい楽しい旅行は始まったばっかりですよ、先輩……」

いかにもサディスティックな馬場のその言葉を、綾香が聞くことはなかった。

「あれ……やっぱり綾姉からの返信こないなー」

馬場と綾香が汗だくになって交わっていた頃、コウタは何度目かのメールを綾香に送っていた。もちろんコウタは綾香と真紀子が二人で箱根旅行に行っているものだと思っている。

（綾姉もそれだけ旅行を満喫してるってことなのかな。あんま邪魔するのも悪いかな

……けどやっぱ心配だし、それに）

本音を言えば、綾香の声が聞きたい。

いつもと同じ、元気で明るい綾香の声さえ聞ければ、自分も安心できるだろう。そう思ったコウタは、ためらいつつも思い切ってメールではなく、綾香のスマホに電話をしてみた。

呼び出し音が聞こえ、コウタはずっと待ち続ける。

『あっ、コウタ？　ごめーん、ずっと気付かなかった。えっ、うん。箱根旅行楽しいよ。景色もきれいだし、旅館も素敵だし。あぁ真紀子と代わる？』

そんな声が聞ければ、どんなにか良かっただろう。

だが、結局綾香が電話に出ることはなかった。


（…………あれ……アタシどうしたんだろ）

うっすら目を開けた綾香は、自分が全裸で布団に横たわっていることに気付く。

股間にはまだアクメの余韻が残っていて、下半身に力が入らない。馬場はというと、自分の荷物をごそごそと弄って、何かを両手に持って近づいてきた。

「はい先輩。メールとか着信来てるんじゃないッスか」

と手渡された自分のスマホを見ると、五件ほどの着信やメールがあった。

（！　……コウタ）

メールの内容は他愛のないもので、真紀子との箱根旅行は楽しいかとかそういう内容だった。しかしメール以外にも電話着信があったということは、おそらく彼が綾香のことを心配してるんだということはすぐにわかった。

一瞬、コウタへの罪悪感が湧き上がって返信しようとしたが、綾香は留まった。馬場とセックスして、あれだけ気持ちよくなった自分がそれ以上嘘を重ねることに抵抗を感じたのだった。

綾香がスマホを枕元に置こうとしたとき、下半身に違和感を覚えた。馬場が勃起したイチモツを再び綾香に挿入しようとしていたのだ。

「あれ～っ、返事しなくていいんスか。それじゃ失礼して……っと」

「んあっ！」

ぬぶぶぶ、と肉を押し分けてくる巨根に、綾香は思わず甘く悶えた。まださっきの強烈なアクメの余韻が残っているのに、馬場は遠慮もなくずこずこと綾香の奥を突いてきたのだ。巨根挿入の衝撃に思わずスマホを握るとスマホの画面にたまたまコウタの顔が映っていた。

箱根旅行に出る前、なんとなく画像を弄っていてそのままになっていたものだ。

（コウタ……アタシ、馬場くんに入れられて、こんな気持ちよくなっちゃってる……）

「ちょ……待って、アタシまだ敏感……っっ」

少し休ませて欲しい、と言いかけた綾香は咄嗟に手で自分の口を塞いだ。すると馬場はスマホのカメラを自分の下腹部に……つまり馬場と綾香が繋がっている部分を撮影し始めたのだ。

ぱしゃっ、ぱしゃっ、と撮影音が連続して鳴った。ずぶりと深く根元まで挿入したところで一枚、半分ほど引き抜いた浅い結合で一枚、さらに角度を変えて一枚……レンズを綾香の顔にこそ向けないが、そんな恥ずかしい写真を何枚も撮られ、綾香は両手で顔を覆って身悶える。

「な、なんでそんなこと……」

馬場は自分の口に指を当てて、しーっと言う。そして何枚か結合部の写真を撮った後、馬場はスマホで誰かに電話しだしたのである。それはこれまで綾香が見てきた、不器用だが真摯な馬場の姿ではなかった。

（こ、こんな時に電話……けど硬いのが入ってて、き、気持ちいいっ）

正直、馬場の態度には納得できなかったが、それでも敏感な部分を深々と貫かれると、成熟した女体は反応せずにはいられない。両手で口を塞いで目を閉じていると、馬場が相手と会話する声が聞こえてきた。

「……ああ、すっげえいい女とセックスの真っ最中だぜ。羨ましいだろ？　乳もでかくてスタイルも最高なんだけどよ、あぁ、乳首はピンク色で、そんな大きくないかな。けどこりこりしこってて、乳輪はそんな大きくはなくてな。それに、ま○この具合もたまらねえんだよなぁ、これが」

（あぁ、そんなこと言わないで、恥ずかしいっ）

馬場の言葉がお世辞でないことはわかっていた。その証拠にピストン運動のスピードが徐々に上がってきていて、彼が本気で綾香とのセックスを楽しんでいることがわかる。

そのこと自体は悪い気はしないが、別にそれを他の誰かに言わなくても、しかも行為の真っ最中に。だが抗議するような余裕は綾香にはなかった。馬場の激しい突き入れを喰らう度、背筋を快感が電気のように走り抜け、腰が勝手にびくびくっと震えてしまうのだ。

「んっ……ん、ぅっ！　……んふぅ……んふぅ……っっ！」

いったい馬場が誰と話しているのかは知らないが、自分のエッチな声まで聞かれるのは恥ずかしすぎる。綾香は懸命に喘ぎ声が漏れるのを堪えていたが、それは実は逆効果でしかなかった。

なぜなら声を出すまいと意識すればするほど、子宮口をがんがん突き上げる馬場の亀頭の大きさ、硬さを感じてしまうのだ。

「さっきからま○こがきゅうきゅう締め付けてきてな、それでいてトロトロのま○こ汁で濡れ濡れなんだぜ。まあお前にゃわかんねえだろうけどな、ぎゃはは」

スマホの向こうの相手をからかいながら、馬場はストロークを大きくしていく。抜ける寸前まで腰を引き、そこから一気に根元までねじ込み、子宮を強く突き上げる。ぱんっ、ぱんっと肉のぶつかる音が響き、馬場はスマホを下腹部に近づけてその音を聞かせているようだった。

「どうだ聞こえたか？　俺のちんぽがま○こをずこずこしてる音だぜ。おかず代わりに、後でいい画像送ってやるよ」

それを聞いて綾香はハッとした。馬場が送ろうとしているという画像は、さっきの馬場と綾香の結合部の画像に違いない。相手が誰かは知らないけれど、自分の局部を見せられるなんて、とさすがに抗議しようとした時、馬場の動きが加速した。

（あぁあっ！　ダメッ、そんな激しくされたら、ま、またイッちゃう……！）

ぱんっ、ぱんっ、ぱんっ、すごい勢いで巨根が抜き差しされ、綾香の腰が浮き上がりそうになる。馬場と繋がりながら淫らに腰を振っていた自分の姿を思い出し、羞恥と共に快感が甦《よみがえ》ってくる。

そのときだった。

綾香の握っていたスマホから着信音が聞こえてきたのだ。それもメールではなく通話のそれだ。相手は見るまでもなくわかっていた。

(コウタ……だめ、いま電話になんか出たら、気持ちのいい声聞かれちゃう)

「あっ。電話ッスか、先輩。出てもいいんスよ、俺は全然気にしませんからっ」

しかし馬場は責めの手を一切緩めることなく、それどころかわざとクリトリスが擦れるように腰をくねらせてきた。彼が綾香をイカせにかかっているのは明らかだ。

(あぁっ、イッたら声出ちゃう、エッチなアクメ声出ちゃう～～っ)

ずん、ずん、ずずんっ。ひときわ深い突き入れを三発喰らった瞬間、身体の奥から凄まじい悦楽の大波が押し寄せてくるのを感じた。

「んぃいいいっ、それダメッ、イク、イッちゃううぅ～～～っっ!!」

白い肢体を弓なりにそらしながら、綾香はアクメの痙攣を繰り返して叫んでいた。

聞かれてしまった……どこの誰とも知らない相手に、アクメ声を聞かれた……ひゅー、ひゅーと細い息を繰り返しながらそっと目を開けると、そこに馬場の顔があった。

彼は満足そうに舌舐めずりをして、既に電源の切れたスマホの画面を見せた。

「ふふふ、後でちゃんと動画も撮りますからね、先輩……動画だと、さっきみたいなアクメ声出したらバレちゃいますよ～」

（あぁ………）

電話はいつの間にか切れていた。かろうじて声をコウタに聞かれなかったことに安堵しつつ、綾香はこの淫欲に満ちた箱根旅行が後二日もあることをすっかり失念していたのだった。


その日、山田コウタは朝からずっともやもやしていた。

理由はわかっている、綾香に何度メールをしてもまったく返事が来ないからだ。その綾香は昨日から友人の真紀子と箱根旅行に行っているそうだ、それも一応綾香の母親から聞いてはいる。

（まあ綾姉もこれから受験に向けて本格的に勉強だろうし、羽根を伸ばしたいだろうな）

最初は、そう思って返事が来ないのもしょうがないと思っていた。

でも二度三度、メールが既読にもならないというのはどういうことなのだろう。箱根旅行はそんなに楽しいのだろうか。

（まあ、別に何の用があるってわけじゃないし、俺が邪魔しちゃ悪いよなぁ）

そう思って気にしないでいると、何度か馬場からメールが来た。てっきり綾香からかと思っていたコウタはがっかりすると同時に、その文面を見てむかっとする。

『よぉ、何してんだ？　今日も一人寂しくオナニーか、ははは』

この様子だと、また誰か女の子をナンパすることに成功したのかもしれないし、あるいは後輩達と遊んでいるのかもしれない。イラついたコウタは一人で街をぶらつくことにした。馬場や後輩達とつるんでいると、どうしても馬場の嘘話のことが脳裏をよぎってしまうからだ。馬場が綾香をデートに誘うことに成功したとか、キスしたとかそんなホラ話だ。

だが綾香は真紀子と今ごろ箱根なのだ。ナンパ自慢をするのは馬場の勝手だが、そんなくだらない嘘自慢のために綾香を巻き込むのは不快だった。

「あれっ」

綾香がたまに行くという大型書店を用事もなくぶらついていると、そこに真紀子を見たような気がしたのだ。だが真紀子は綾香と旅行中のはず……慌てて追いかけたものの、彼女の姿はどこにもなかった。

「き、きっと見間違いだよ、そうだよな」

そう自分に言い聞かせつつ、コウタは思い切って綾香のスマホにメールではなく電話をかけてみた。綾香の声を、真紀子と旅行を楽しんでいる綾姉の声を聞けば、安心できると思ったからだ。

しかし、何十回コールしても綾香が電話に出ることはなかった……。

その夜。一人ベッドで寝転がっていたコウタのスマホが鳴った。綾姉からかと思ったが、相手は馬場だったのでコウタは心底がっかりした。

「……なに」

『よお、なぁに不機嫌そうな声してんだよ。おっとオナニーの最中だったか、スマンスマン。それより、俺がいま何してると思う？　まあお前の想像通りだけどな』

馬場の声がやけに遠い。どこか遠方からかけているのだろうか。だがどうせ自慢話に決まってる。

『……ああ、すっげえいい女とセックスの真っ最中だぜ。羨ましいだろ？』

馬場の大胆さにコウタは驚く他なかった。これまでにも馬場が何人もの女子といちゃついているところは見たが、まさかセックスの真っ最中に電話をかけてくるなんて。

「そ、それがなんだって」

『さっきからま○こがきゅうきゅう締め付けてきてな、それでいてトロトロのま○こ汁で濡れ濡れなんだぜ。まあお前にゃわかんねえだろうけどな、ぎゃはは』

馬場は自分がいかにいい女とセックスして気持ちいいかなどという自慢話を続けた挙句に、ぱんっ、ぱんっというまさに性器と性器がぶつかっている音までコウタに聞かせてきた。

（くそっ、なんで……さっさと電話切れよ、俺！）

それでも、スマホの向こうから確かに感じられるもう一人の人の気配と、生々しいセックス実況にコウタは聞き入らずにはいられなかった。

最後に馬場は「後でいい画像送ってやる」と言って電話を切ったのである。

しばらくコウタが放心していると、スマホが振動して画像が送られてきたことを告げる。見てみると、本当に女性の股間に男のイチモツが突き刺さっているというモロな画像だった。

「…………っ」

咄嗟に思い出したのは、馬場に犯されよがっている倉田のぞみのことである。

馬場が送ってきたあの画像は、今もコウタのスマホに残っている。自分でも情けないと思いつつ、時々あれを眺めてはコウタはオナニーしていた。しかし、今回のモノはそれ以上に刺激的だった。

馬場の浅黒い肌とは対照的に、雪のように白い肌。馬場の赤黒い巨根が突き刺さったピンク色の花びらは明らかにぬめっていて、内腿を濡らしている液体は愛液というやつだろうか。すらりと伸びた美しい女性の下肢は、一瞬だがコウタに綾香のことを想起させ、少年の顔を赤くさせる。

(相手が誰かまではわかんないけど……本当に、誰かが馬場とエッチしてるんだ……)

きゅうっとズボンの中で陰茎が勃起して悲鳴を上げる。

本当なら、そんな画像は消去すべきだっただろう。それはわかっていたが、男女の結合部のアップ画像の刺激に、どうしてもできなかった。

これがもし、綾姉だったら……自分もいつか綾姉とこんなエッチなことができれば、どんなに幸せだろう。気がつけばコウタはズボンを降ろして陰茎を出し、そのエロ結合画像を見ながらペニスをしごくのだった。

「綾姉……あぁ綾姉、綾姉…………ッッ」

第六章　箱根旅行　二日目

「はい先輩、あ～ん」

「……………あ～ん……」

　翌朝、綾香と馬場はかなり遅めの朝食を摂っていた。

　理由は言うまでもなく、昨夜遅くまで濃厚なセックスを続けていたからである。とりあえず二人で露天風呂に入って、汗と精液でドロドロになった身体を洗い流してからの朝食だったが、従業員達は嫌な顔一つせず、むしろニコニコとご機嫌そうなのが綾香には少し不思議だった。

「いえいえ、坊ちゃんとその彼女さんはどうぞお好きになさってください」

　そんなわけですっかり掃除された部屋で朝食を摂っているのだが、馬場の態度は昨日の昼間までとは打って変わったものに変貌《へんぼう》していた。

　まるで新婚か何かのつもりだろうか、箸につまんだ赤身の刺身を綾香の口元に持ってきて、「あ～ん」を強要してくるのだ。

「じゃ、今度は俺ッスよ、ハイあ～ん」

と言って口を開ける。仕方なく綾香は馬場の口に刺身を入れると、彼はそれを咀嚼《そしゃく》することなくいきなり口づけをしてきた。

「んんっ？　んっ、んむ……」

れろりと生温かい舌、そしてまだ冷たい刺身が舌に絡まってくる。しばらくすると馬場は生温かくなった刺身を飲み込み、それからあらためて舌を絡めてきた。

れろれろ……ぬちょ、ぬちょ……キスをしていると、昨夜のことが脳裏に浮かぶ。いったいどれくらいこういうふうにキスをして、どれくらい馬場の陰茎をしゃぶり、どれくらい馬場に股間をねぶられただろう。

そう思うだけでまだ昼間だというのに、綾香の身体は少しずつ火照ってくる。

（やだ、昨夜あれだけ何回もイカされたのに……アタシってどれだけいやらしくなっちゃったのかしら）

「あ〜食った食った。じゃあ、ちょっと食休みさせてくださいッス」

そう言うと馬場は正座した綾香の膝に頭を乗せた。そして従業員達が朝食の片付けをする間、馬場は目を閉じて、すーすーと寝息を立てるのだった。

そんな若いカップルのいちゃつきっぷりを見せられても、相手はさすがプロの従業員、営業スマイルを絶やすことがなかった。

（こうしてると……あんなにエッチで、激しい男の子だなんて思えないのに）

もう綾香にも、馬場が童貞どころか相当女性経験を積んだ人間であることはわかっていた。もしかしたら彼は最初から、綾香とこういう関係になるため、純情を装って近づいてきたのかもしれない。

でも、それでも構わないと思っている。そう思える自分が不思議ではなかった。

（だって、鉄男がいろんな女の子の中で、アタシを選んでくれたのなら、それで）

そんな優しい気持ちで馬場の坊主頭をそっと撫でていた、その時だった。

（えっ）

馬場の右手がいつの間にか綾香の胸元に伸びていて、バッといきなりはだけたのだ。風呂上がりですぐ朝食だったので、綾香はブラもショーツも着けていなかった。馬場を見ると、彼はうっすら目を開けていた。

明らかに彼は従業員がいなくなるまで待っていたのだ。

「あっ、ちょっと……」

大きな手が乳房にあてがわれ、やわやわと揉み始める。その力加減は強すぎず弱すぎず、乙女の肉球を揉みほぐすかのようだ。

ボリュームのある肉球の重みをたっぷりと楽しんでから、馬場は上を向いて「ちゅっ、ちゅっ」と唇を突き出した。彼の意図に気付いた綾香は、「もぉ……」と言いつつ身を屈め、馬場の口元まで乳首を近づけていったのだ。すると当然のように馬場は目の前に突き出された桃色の突起物を口に含む。

「んっ、ウマ、ウマ……おっぱいウマいッスよ」

ちゅっ、ちゅぱ、ちゅぱ……膝枕の格好のまま、綾香は馬場に乳首を吸われ、舌で転がされた。彼の舌使いの上手さは嫌というほどわかっている。たちまち乳首はしこり、じんじんと快感が広がっていく。

これまで綾香は「乳首で感じる」という感覚がよくわからなかったのだが、舌を絡め合ったり、股間をねぶられるのとはまた違う、痺れるような快感だ。馬場は時折軽く歯を立ててくるのだが、その微妙な痛みに綾香は思わず「あん、あんっ」と子犬が鳴くような喘ぎ声を漏らしてしまう。

「はっ、あっ……あん、気持ちいい……」

乳首を吸われ、愛撫される、たったそれだけのことで綾香の肉体には早くも火がつき始めていた。自分でも恥ずかしいとは思うのだが、綾香の身体はその隅々まで馬場の愛撫を受け続け、もはや彼の愛撫に敏感に反応するように調整されていた。

「こっちのおっぱいもちゅうちゅうしてあげるッスよ、先輩」

そう言って反対側の浴衣もはだけると、今度はそっちに吸い付いてくる。そのくせ膝枕の体勢からまったく動こうとしないのだから、吸われていた右乳首が疼いて切なくてたまらない。

「ちゅっ、ちゅぱ、れろ……先輩、自分で弄ってもいいんスよ」

「…………ん」

頬が熱くなるのを感じつつ、綾香はまだ馬場の唾液で濡れている乳首を自分でつまみ上げた。びくっ、と身体が震えて快感が背中を走る。すると追い打ちをかけるように、馬場の舌が左乳首を転がしてくるのだ。

「あっ、ん……ダメ、ェ……おっぱいだけなのに、アタシ、こんな」

下腹部の奥が熱い。露天風呂で念入りに洗ったはずの股間の肉裂が、早くも濡れ始めている。これ以上弄ったら歯止めが利かなくなるとわかっているのに、乳首を弄る指が止まらない。その頃合いを見計らったように、馬場が左乳首に「こりっ」と歯を食い込ませた。

「あんんっ！」

まだ起床して何時間かしか経っていないというのに、綾香は早くも軽いアクメに達していた。その痙攣が治まるのを待ってから、馬場は綾香に座卓の上で四つん這いになるように言った。

先ほどまで朝食の食器が並んでいた低い長方形のテーブルの上に乗ると、馬場は何のためらいもなく浴衣の裾を大きくまくりあげ、綾香の尻を露出させたのだ。綾香は一瞬だけ、ショーツを穿いておけばよかったと思ったが、すぐ思いなおした。どうせこんなことになるのなら、穿いたショーツもすぐに愛液まみれになっていたことだろう。

「おほっ、もうトロマンじゃないッスか」

「はうぅんっ」

むき出しになった乙女の秘貝に馬場が吸い付いてきた。ちゅぱちゅぱと音を立て、指で広げた大陰唇の、その内側をれろれろねぶる。とろりとメス肉を濡らす蜜液を残らず舐め取るが、すぐにまた奥の方から「どろっ」と濃厚な蜜が溢れてくる。

(あぁ、どんどん溢れてくる……)

「食後のま○こ汁、最高ッスね……いくらでも飲めますよ」

「やだぁ、恥ずかしいから、あっ、あ」

またイク、イカされる……しかし馬場はそんな綾香の反応を見ながらクンニに強弱をつけ、決して綾香をイカせようとはしなかった。またわざと焦らされてる……それ

はわかっているのに、焦らされれば焦らされるほど、綾香の本番への期待もまた、高まっていくのだ。

「んっ、は、はっ！　んん、イッ……いっ」

挿れて欲しい。太くて長い勃起で、このトロトロの穴を貫いて欲しい。障子の向こうから差し込む光は、まだ午前中の陽光。遅い朝食を摂ったばかりだというのに、綾香は昨夜と同じ、いやそれ以上に馬場の肉棒を欲していた。

(欲しいッ！　舌や指じゃダメなの、ぶっといので思い切りイカされたいのっ！)

「あれっ」

「え」

いきなり膣口を責めていた舌を引き上げ、馬場が頓狂な声を上げた。じゅるっと舌舐めずりをしつつ、たった今気付いたような口調で外に目を向ける。

「俺としたことがスンマセン。せっかく箱根くんだりまで先輩を連れてきておいて、観光の一つもしないだなんて。今からでも散策にでも行きましょうか？」

「…………っ」

なんともわざとらしいその言葉に、綾香はふるふると肩を震わせ唇を噛んだ。そんなことを言っても、馬場の股間のモノはビンビンになっているはずなのだ。

けれど馬場が綾香を焦らす気なら、彼はその勃起を我慢できるに違いない。実際、この旅行に来るまで、馬場は綾香に対しスキンシップだけで我慢していたのだから。馬場は常に焦らす側で、綾香は常に焦らされる側だった。

思わず、ムッとした顔を馬場に向ける。

(こいつ……なんて我儘なのかしら!)

前の綾香なら、こうまで言われて黙っていなかっただろう。「馬鹿にしないで!」と啖呵の一つも切って旅館を飛び出していたに違いない。

でも今は違う。

昨夜、馬場の巨根に貫かれるまでのあの長い長い焦らされ時間。あの焦燥を思えば、馬場の少しくらいの我儘などどうということもなかった。

「おっ? どうしたんスか、綾香先輩」

四つん這いの格好をさらに這いつくばらせて、綾香は懸命に右手を後ろに伸ばしていたのだ。その指が何を求めているのか、万事承知の上で馬場は身を起こし、腰を軽く突き出した。すると綾香の指はどうにか念願のものにたどり着き、それをきゅっと握りしめた。

ぱぁあっ、と綾香の顔が喜びに輝く。それは綾香の想像以上に硬く雄々しくそびえ立ち、びくびく震えていたのだ。この逞しさ、太さ、硬さこそ自分が切実に欲するものだった。

「そっか、先輩は箱根の景色よりこっちのほうが好きなんスね。じゃ、トロマンにちんぽ入れてくよ～ん。嬉しいッスか？」

やけに馴れ馴れしい馬場の口調に、綾香は一瞬むっとなった。

しかし、ずっと挿入して欲しかったのも事実である。ここで反抗したら、またお預けを食らうかもしれない。そうなったら、この体の疼きを堪える自信はなかった。かといって素直に嬉しいと口にするのも癪だった。

「…………っ」

その意思を表明するように、綾香は無言のままさらに尻を突き出した。

馬場は綾香を座卓から降ろして立たせた。そして背後から脇に手を差し込み、身をのけぞらせたのだ。浴衣の前がはだけ、もうほとんど全裸状態の綾香の尻奥に巨根を差し入れると、深々と勃起ペニスを打ち込んだ。

「あっ、あぁあっ！」

パンッ、パンッッと腰を打ちつける度、馬場の目の前で美しい黒髪が揺れる。

壁に手をついての立ちバックは初めての時に経験したが、完全に支えのない状態での立ちバックは初めてだった。馬場の突き入れは力強いため、綾香は何度もバランスを崩しそうになる。

しかしその度に逞しい腕が綾香の身体を支え、さらに激しいピストンを叩きつけてくるのだ。綾香は馬場のオスとしての力強さに、背筋がぞくぞくするような興奮と快感を覚えた。

「もっと、もっと突いてぇえっ！　いいの、感じちゃう、奥が感じちゃうの〜っ」

「すっげえ、朝っぱらからま◯こトロトロじゃないッスか。こんなドスケベま◯こは俺もマジ初めてッスよ！」

おそらく無意識だったのだろう、馬場は自らが童貞でもなんでもないことをここで吐露した。すなわち綾香以外の女の味も知っているということだ。しかし綾香はそれを聞いて怒りを覚えるどころか、むしろ悦びを感じた。

こんな逞しい男を虜にする、自分の肉体にはそれだけの魅力があったのだと今更にして自覚したのだ。

「いい？　アタシのそこ気持ちいい？　鉄男のこと、ちゃんと気持ちよくできてる？」

「もちろんッスよ！　油断するとすぐにも搾り出されそうッス！」

「あっ、は、はぁんっ！」

もし声が部屋の外にまで聞こえていたら……などということは、これっぽっちも考えなかった。こんな真昼間から、若いカップルがいやらしい声を上げてまぐわっている。とても褒められた行為ではないが、ただこうして馬場の巨根に犯され、よがることしか考えられない。

「ふぅっ、マジやべぇ……この際だから、新しい体位も試してみっか」

立ちバックで挿入していた巨根を抜くと、馬場は素早く綾香の正面に回り込んできた。もし綾香自身が身体の向きを変えさせられていたら、きっとその場にへたり込んでいたに違いない。そういった判断において、馬場は天才的だった。

しかし、この体勢から馬場がどういう格好で綾香を責めるのかまでは、経験の浅い綾香にはまだわからない。

「さあこんなの脱いで、両腕を俺の首に回してください」

「う、うん……これでいい？」

オッケーッスよ、と馬場は綾香の右脚を抱え上げると、今度は正面から巨根をねじ込んできた。思わず馬場の首に回した腕に力がこもる。ムッと男臭い馬場の体臭が押し寄せてきて、綾香が頭がくらくらしそうになった。

「もっと、もっと腕に力入れて！　でないと落ちちゃうゾッ？」

「えっ、なに？　きゃぁあんっ」

なんと馬場は綾香の右脚を脇に抱え込んだままの状態で、左脚にも腕をかけて持ち上げたのだ。両脚が浮いた状態となったことで一気に挿入が深まり、綾香は白い首をのけぞらせた。

両腕にはさらに力がこもり、そして反射的に綾香の両脚は馬場の身体を挟み込むように閉じられた。ふわり、と宙に浮かぶような感覚と、股間を貫かれる衝撃に、綾香は思わず口をパクパクさせてしまう。

（なにこれ……なに、アタシ鉄男に抱っこされてる？　抱っこされながら挿れられてる……っ）

「これがっ、駅弁ファックってやつッスよ、先輩！　俺もするのは初めてだけど、どうッスか、オラッ、オラッ」

「やっ、これすごッ、うっ、浮いてるっ！　宙に浮きながら、浮きながら鉄男に犯されてるぅッ」

綾香は初めて経験する刺激的な体位にたちまち夢中になっていった。

少しでも腕の力を緩めれば落っこちそうになるので、綾香は必死に馬場の首にしがみついた。だがこの変則的体位に興奮した馬場は、ほとんど綾香を上下に振り回すような勢いで腰を突き上げてくるのだ。

それは正常位とも立ちバックともまったく違う刺激。まるで幼い子供扱いされているような、それともおもちゃにされているような不思議な気分。それもただのおもちゃではなく、この上なく淫らなおもちゃだ。

「オラッ」

ぐぅん、と持ち上げると全身が浮遊感に包まれ、膣から陰茎がずるりと抜ける。そこから綾香自身の重みによって、落ちざるを得ない。綾香が落ちまいと馬場にしがみつくと挿入が深まり、ずんっと強烈な衝撃で身体全体が揺さぶられるのだ。

浮遊と落下、そして骨盤への衝撃、その三つの刺激がピストンに加わることで、自身がまるでモノのようにぞんざいに扱われる感じがする。女を女とも思わない、綾香の人格そのものを否定するような扱われ方が、逆に綾香の興奮をそそった。

「ん！　やっ、イッ……クゥ………」

絶え間なく続く浮遊と落下の中で、綾香は次第にマゾヒスティックな快感に目覚めていった。だが少女とはいえ人一人の重みを何度も持ち上げるのは、さすがの馬場でも難事なのか、額にびっしょり汗をかいている。

「オラッ、オラッ！　どうよ、先輩どうよ！」

「イイッ、いい、イクイクいく！　もっと、もっと綾香を浮かせて、鉄男ので綾香のこと浮かせてっ！　あっ、あぁあ～～～っっ」

駅弁ファックという初めての経験に、綾香は為す術もなく悶えよがった。

しかしそれでいて両腕で馬場の首にしがみついていなければならないので、一瞬たりとも気が抜けない。なんて刺激的な、そして変態的な格好で犯されているのだろうと思わざるを得ない。

そしてこんな格好で猛然と綾香を犯し続ける馬場の逞しさに、綾香は身を委ねるしかなかったのだ。

「おほぉっ、すげえ、これすげえッス、先輩！　先輩もいいんスか、これ気持ちいいんスか？」

「イイッ！　いい、これ好きっ、キモチイイッ、キモチイイッ！　あぁ～っ、宙に浮きながら、犯されてイッちゃうぅう～～」

「おらイケッ、イケッス！　駅弁で先輩がイクところ、俺に見せろ！　そのドスケベなアクメ顔、見せて欲しいッス！」

言われるまでもない、さっきから綾香はイキッぱなし状態だった。それでも馬場の勢いは止まることなく、綾香は馬場の腰に両脚を回して彼の腰を思い切り締め付けたのだ。

「アヒィイ〜〜ッ、いぐ、イク〜ッ！　綾香、お空を飛びながらイカされちゃうぅうう〜〜〜っ！」

こうしてまだ昼も過ぎていないというのに、綾香はクンニから立ちバック、そして最後は駅弁ファックでイキまくってしまったのだった。


それからいったい何時間、ぶっ続けで交わり続けたのだろう。

布団こそかけられていたが浴衣は不器用に着せかけられただけのほぼ全裸。外に目をやるともうすっかり暗くなっていて、記憶も定かではなかった。

馬場の姿は……ない。

(そうだ、あれからえきべん……とかで何度もイカされて、わけわかんなくなって……そうだ、写真)

不意に記憶が甦った。

『じゃ、記念写真何枚か撮っとこか』

『なに……写真……？』

どれだけ犯された後かはまったく覚えていないが、ぼんやりとした口調でそう言った記憶がある。そう、あまりに何度もイカされすぎてぼーっとなっていた綾香に、馬場はスマホのレンズを向けてきたのだ。

『え、でも』

『大事な思い出として残しておきたいからさ、ホラ』

『え、ウン』

言われるがままにピースサインをして、「パシャッ、パシャッ」と何枚か写真を撮られた。いわゆる自撮りというやつだが、馬場は全裸で綾香は腕で片乳だけを隠しているような淫らな姿だ。

『だ……誰にも見せないでよ。ホントに』

『わ〜ってるって』

ピースサインで一枚、さらに馬場が綾香の乳を揉みながらもう一枚。本当に誰にも見せられないような、はしたない写真が増えていく。だが綾香は馬場の腕に抱かれながら、曖昧な幸福を感じていた。

「あ、起きてたの」

と言って浴衣姿の馬場が何本かの飲み物を手に部屋に戻ってきた。綾香はとりあえず一本受け取って、一気にペットボトルの半分ほどを呷る。異様に喉が渇いているのは、それだけ体力と、水分を消費したせいだろう。

例えば汗と、唾液と……股間からこぼれる蜜液と。

「ねえ、それ飲んだら露天風呂行かないッスか？」

「え？　うん」

「外でおま○こしたら気分が変わって、きっとまた興奮しちゃってヌレマンになっちゃうッスよ～」

「露天風呂なんて、他のお客さんが来るかもしれないじゃない」

「だ～いじょうぶっ。どうしてかというとですね……」

馬場の言葉に綾香はあらためて驚かされた。

なんと昨日から、綾香達以外の客は一切宿泊していないというのだ。「大口団体客のキャンセル」などというのは最初からの嘘で、本当はこの三日間は二人だけの貸し切り状態にしてあったのだ。

「なんで、そんなこと」

「だって他の客が一人もいないって思うと、興奮しないでしょ。綾香先輩も部屋の外まで声が漏れないように、必死によがり声押し殺して……くくっ」

愉快そうに、いや少し小馬鹿にしたような口調に綾香は少しだけ不快感を覚えた。

それにしても自分の楽しみのためだけに、こんな立派な旅館をまるまる貸し切りにするだなんて馬場はどうやら本物のボンボンらしい。さすがはかの馬場グループの会長の御曹司ということなのだろう。

「まあまあ、そんな怖い顔しないで欲しいッス。俺もできる限り、先輩に喜んでもらいたかっただけなんスよ」

綾香の肩に腕を回し、耳をれろれろねぶりながら馬場は囁く。

「まあ、どっちみち先輩のエロアへ声、丸聞こえだっただろうけど。だってイク時にあれだけ絶叫してりゃ声抑える意味ないッスよ？」

その言葉に綾香は頬が熱くなるのを感じた。はっきりとは覚えていないが、確かにアクメ絶頂する度、自分はあられもないよがり声を上げていたような気がする。

あれでは廊下にまで聞こえていたに違いない。いくら他の客がいないにせよ、ここには従業員達は何人もいるのだから。

「まあそういうわけだし、露天でパツイチ……ねっ」

ねっとり絡みつくような馬場の誘いに、綾香は「うん……」と小さく頷き、頬を赤く染めたのだった。

露天風呂には、確かに誰もいなかった。

いや、昨日は綾香達が入っているところに従業員達が数名入浴しに来た。だが、あれも実は綾香の反応が見たくて馬場がわざとやらせたと聞いて、綾香は呆れるよりほかになかった。

「鉄男って……結構ヘンタイっぽいよね」

「いやいや、俺だって自分の彼女を見せびらかしたいっていうのはあるし、先輩だって興奮してたっしょ？　むしろ見られると濡れ濡れになるタイプだと俺は睨んでるんスけど」

「そんな……」

広々とした湯船に身体を沈めながら、馬場はにやにや笑う。

しかしこうもはっきりと「自分の彼女」などと言われると照れくさい。だがこうして二人きりで泊りがけの旅行に来るようなカップルは、そういうふうに見られてもしょうがないのかもしれない。

その馬場の目は前にタオルを当てただけの綾香の裸身に注がれていた。舐めまわすような視線に、綾香はドキリとした。確かにこうやってマジマジと裸を見つめられると、肌がちりちりと火照るような気がするのだ。

そんな感覚を否定したくて、少女は馬場の隣ではなく相対する位置に身を沈めた。

（あれだけエッチした後で、また身体触られたら我慢できなくなるもの……けど、見られてる……）

他の宿泊客が入ってこないということを知っているからなのか、馬場は一心不乱に綾香を見つめ続ける。綾香がちらと馬場の方に目をやると、ゆらゆら揺れる湯面に馬場の逞しい身体が見える。

いや、湯面のためはっきりとは見えないのだが、だからこそ引き締まった太腿や下腹部、そして……股間のイチモツの様子が気になってしまう。

（勃起してるのかな。アタシの裸を見てるだけで、勃《た》っちゃうのかな）

昨夜、そして今日延々と犯され続けたことから、彼が綾香に女の魅力を感じているのは明白だった。今まではそんなに意識したことはなかったのだが、綾香の肉体は男を欲情させるだけの魅力を持っているらしい。

実際にセックスしなくても、裸身を見せるだけで男は欲情するのだろうか。

綾香はふと旅行前に真紀子に言われたことを思い出した。

『あんたもとっくにわかってんでしょ、あのコの気持ち』

（コウタ……コウタはきっとアタシのことを幼馴染のお姉さんじゃなく、一人の女の

子として好きだったんだと思う。なら、コウタもアタシの裸を見たいと思ったり、想像したりしてたのかしら)

両親に嘘をついてまで馬場と二人で旅行に来ておいて、今更コウタへの罪悪感を覚えてしまう。そう感じてしまう自分っていったい何なんだろうと思う。

だが綾香はコウタを弟のような存在としか見ていなかった……いや、そうとしか見ないようにしていたんだと思う。あの素直な可愛い少年が、自分を性的な目で見ているかもしれないなんて、思わないようにしていた。

(真紀子もゴメン……アタシ、すごく自分勝手なことばっかしてる)

一瞬だが馬場の存在を忘れ、そんなもの思いに耽《ふけ》っていた時だった。

「ねえ先輩。オナニーってしたことあります?」

「えっ?」

いきなり予想外のことを聞かれ、変な声が出た。

だが、次の瞬間綾香は俯いてしまう。馬場との初体験セックスの後、スキンシップだけでホテルに誘ってくれなくなった時期、綾香は確かに自室で自分の身体を弄って自分を慰めようとしたことがあった。

「…………」

「俺、先輩のオナニー見てみたいなぁ」

「な、何を、いきなり」

動転して思わず顔を上げると、そこには何もかもお見通しだというような馬場の顔があった。そのあからさまな欲望の眼差しに、綾香の身体は火照らずにはいられなかった。

コウタのことは大好きだ、けれどその「好き」と馬場に対する感情には大きな違いがあると思う。彼は綾香とセックスしたいという欲望を隠そうとしないし、貪欲に綾香を求めてくれる。

そしてそんな馬場だからこそ、綾香の中に秘められた性欲、快楽への渇望もすべて見抜いているに違いない。

(ダメ、あんな目で見られたらアタシ)

そう思った瞬間、きゅんとお腹の奥が疼いた。

ただ……昼間、記憶が飛ぶほど犯されまくって今更かもしれないが、このまま馬場の想像通りに自慰経験を認めるのはちょっぴり癪だった。

「そんな、自分で自分の身体を触っても、面白いわけないじゃない。そんなのしたことないわよ」

「そうなんッスか？　じゃあ、ちょっとここでやってみてくださいよ。俺、先輩みたいな美人がオナニーするところって、一度でいいから見てみたいってずっと思ってたんスよ」

「えっ」

虚を衝かれた綾香に、馬場はにったりといやらしい笑みを浮かべる。

「先輩が俺に見られながらオナって、それでもなんにも感じないっていうなら、俺も今夜は先輩にこれ以上なにもしませんよ、約束するッス」

「……………」

綾香は腕で乳房を隠しながら、湯船から身を起こし裸身を晒した。

温泉で温まった肌に夜風が心地よい。本当を言うと肩まで浸かっていたのでのぼせそうになっていたのだ。さらけ出された真っ白な乙女の裸身を、馬場の視線が無遠慮に這いまわる。

(見られてる……ものすごい凝視されてる)

視線を肌で感じるという意味を、綾香は初めて知ったような気がした。

ある意味それは、画家がモチーフを観察する時よりもずっとねちっこい視線かもしれない。彼は視線だけで綾香の裸身を犯そうとしていた。

「ど、どうすればいいの」

「そうですね、まずはおっぱいを揉んでみましょうよ」

綾香は両手を乳房に当てて、ゆっくり揉み始める。量感たっぷりの肉球を持ち上げ、ふにふにと揉み上げる。ただし脚はしっかりと閉じたままだ。そうそう自分のほうからサービスしてやる必要もないだろう。

これくらいの刺激なら、まだ全然我慢できる。馬場の巨根に貫かれることを思えば、どうということもないはずだ。

「ん……」

温泉で温められた二つの乳房は、まるで肉饅頭のように温かく柔らかい。中学の頃から急に発育したこの乳房を、綾香自身はあまり好きではなかった。男子からの眼が気になるし、同じ女子からは羨ましがられたり、とにかく面倒だったからだ。

だが馬場とのセックスを経て、綾香は乳房や乳首でも快感を得ることを学んだ。

こうして軽く肉球を揉んでいるだけで、その頂点にあるピンク色の突起物が充血し、硬くしこっていくのがわかる。

「乳首、勃ってません、先輩？　そこ指でつまんでみましょ」

「……自分で、こんなことしたって別にどうってこと……ッ」

前に自室でオナニーした時も、自分で乳首を弄ったことはあった。指でコリコリとつまんで転がすような刺激はそれなりに気持ちよかったが、思ったほどではなかった。だから今だって、平気なはず。

「ん、ふ……っ」

しゃっくりのような声が思わず出てしまった。あの時のように乳首をつまむ指に少し力を込めただけなのに、刺すような快感が身体を走り抜けたのだ。

思いもよらぬ自分の身体の反応に、綾香は驚いた。これはまるで、馬場に乳首を吸われ、弄ばれた時のようだ。けれどまさか、自分で自分の胸を弄ってこんな感覚が得られるなんて思いもしなかったのだ。

（えっ、なに今の）

「あれぇ、結構気持ちよさそうッスよ。なんか脚もじもじさせちゃってるし」

「そ、そんなこと……ない……こんなのちっとも感じないわ」

そう、湯船に浸けたままの両脚を、綾香は無意識に動かし太腿と太腿を擦り合わせていた。乳首に走った快感に呼応するように、下半身がより強い刺激を求めているとしか思えない。

（なんで……前に自分でした時よりずっと気持ちいい）

自らの肉体の反応に困惑しつつ、ニップルを弄る指が止まらない。コリコリ、くりくりと突起を弄るだけで、肩がびくっと震えてしまう。お腹の奥がじんわり熱くなってきて、明らかに身体が快感を感じる準備を始めている。

(これって、彼に見られているから？　それとも、外だから解放的な気分になってるのかしら)

見上げれば空には満天の星。室内と違って、もしかしたら誰かに見られるかもという可能性もゼロではない。なにより目の前にいる坊主頭の少年が、自分の乳房を弄る綾香をじろじろと見つめている。

あの肌を舐めまわすような視線を感じると、自分の身体がどんどん敏感になっていくような気がするのだ。

(やだ、こんなの変……アタシ、どうなってるの)

「先輩、脚を開いておま○こも見せてくださいよ……手は出しませんよ、見るだけ、見るだけッスから」

「う、うん……」

両手で乳房を弄りつつ、綾香はゆっくり太腿を開いていった。

温泉から出たことで、肌の表面は少しひんやりしていたが、寒さはまったく感じない。皮膚の下は自分でも驚くほどに熱を帯びていた。その熱の中心にあるのは下肢の付け根……数え切れないほど馬場の陰茎を受け入れた、乙女の肉だ。

そこが熱く濡れ、弄って欲しいと切なく訴えているのだ。

(あ)

股を開くと「とろっ」と熱い蜜が膣の奥から溢れた。

明るいとは言えない露天風呂の照明では見えないだろうが、溢れた蜜液は綾香の内腿を伝い落ちていく。だがまさか、触ってもいないのにこれほどアソコが反応しているということに、綾香は驚いた。

(こんなに濡れてるなんて……こんな状態でクリトリスとか弄ったりしたらもっと感じてしまうかも)

ぞわりと首の後ろの毛が逆立ったのは、怖れと、そして期待だった。

一人きりの部屋で、ショーツの上からとはいえ股間を弄った時は、ちょっと愛液で濡れかけた程度。アクメに達するには程遠く、だからこそいっそう馬場との本気の濃厚セックスを綾香は欲するようになった。

その欲望に耐えかねて、この箱根旅行をＯＫしてしまったのだ。それが、裸を見られているだけでこんなにも反応してしまうだなんて、本当に自分の身体はどうなってしまったのか。

「どうしたんッスか、先輩……やっぱりあったんですねオナニー経験」

「………ち、ちょっとだけ。本当にちょっとだけよ。でも、その時はこんなふうじゃなかったのに」

ついに自慰経験を口にしてしまった綾香の肌に、馬場の視線が突き刺さる。自室で一人でオナニーするのと、見られながらするのとではこんなにも違うのかと、綾香は自分で自分が少し恥ずかしい。

（ダメ、これ以上は……あぁ見られてるッ）

「その時のこと、聞かせてくださいよぉ〜。あ、したかったら、ここで実演してくれたりしたら、俺ハナヂもんッス」

温泉の火照りとは別の頬の熱さを感じつつ、綾香は右手で乳房を、左手を太腿の内側に滑らせた。股をさっきより大きく広げ、馬場に対して完全に股間を晒す。無論、見られるとわかってのことだ。

しかも馬場の位置から見やすいように、腰をくねらせ、片脚を軽く曲げさえしたのだった。

「鉄男が……デートの時も、ホテルとかに誘ってくれなくなって……そのくせ、おっぱいとかお尻とか触ってきて、なんか身体がむずむずしたの。だ、だからちょっと試しにやってみただけ、なの」

ふにふにと乳房を揉み、左手で内腿を何度もさする。そんな自分の手の動きを、馬場の眼が逐一追っている。その視線を感じると、蜜の分泌がますます多く、そして膣肉がきゅっと収縮する。

「いっそ、自分で解消できればって……自分の部屋で、誰も入ってこないように鍵をかけて、弄ってみたの。最初は服の上から胸を。でもそれじゃ物足りなくて、直接おっぱいや乳首を」

「で、気持ちよくなれたッスか？」

「それほど……だから、次はお股も弄ってみたの、直接じゃなく、ショーツの上からさすったりして」

綾香は自身の自慰経験を語りつつ、自らの身体を弄るのを止めようとはしなかった。いや正確には止められなかった。

右手の指で乳首をつまみ上げ、左手の指先はいよいよアンダーヘアに隠された秘密の部分に到達しようとしている。そこは女体の中でも特に神経の密集した、敏感な部分だということは綾香も知っていた。

（見てる……視線が胸や股間に突き刺さってくるみたい。鉄男は我慢できるの？　アタシのオナニーを見てるだけでいいの？　アタシは、それだけじゃ満足できない……）

つぷっ……とうとう左手の指が大陰唇に到達した。

ぬるぬるの愛液で満たされた入り口付近を指でかき回すようにすると、「ぴちゅ、くちゅ」と濡れた音が露天に響く。痛みなどはまったく感じない。それどころか、奥から奥から、ぬるぬるの体液が溢れて指にまとわりついた。

「あうっ」

鋭く走った快感に、思わず乳房を握った右手に力がこもる。

白い肉球に指が食い込み、しこった乳首が悲鳴を上げた。それはもう快感というより疼き、痛みに近いほどだったが、右手に込めた力は増すばかりだ。思わず「あぁっ」と声が出て、綾香は身体をくねらせた。

「今のいい声ッス……一人でしてた時も、そんな声出してたんッスか」

「う、ううん。直接弄ったら、少しは気持ちよくなれたけど。こ、こんなには濡れなくて……はぁっ、あ」

「へぇ……どんなこと考えながら、オナってたんスか先輩。やっぱり、俺のちんぽのこととかッスか」

「…………」

その言葉に綾香はしばし沈黙する。まさにその通り、馬場との初体験のことを思い出しながらのオナニーだったからだ。

「だ、だって、ホテルでした時はアタシも初めてだったし、それに、初めてなのにすごく気持ちよくしてくれたから、その時のことを思い出して……何度も、なんども思い出しちゃって」

恥ずかしい、こんなことをわざわざ口にするのが恥ずかしい。恥ずかしいと思いつつ、乳房と股間を弄る手は決して止めようとしない。

綾香は今度は反対側の乳房を揉み、左手の指先でクリトリスを弄り始める。指先にたっぷりと愛液をまぶしつけ、それを塗り込むように、神経の密集した敏感な小突起を指の腹で擦り立てる。

小指の先にも満たないほどのクリトリスは、指の下で健気に、そして硬くしこっている。

「あ、はぁっ！　ん、ぅ……アタシ、自分でしてるのに、こんな、こんな気持ちよくなってる……！」

「超エロいッスよ……俺との初体験、そんなによかったんスか？　先輩、処女だったんすよね？」

「そうよ、ヴァージンだったのに、アタシあんなに感じさせられて……あんな気持ちよくなったの、初めてだったから……！　鉄男に犯されて、気持ちよくなったのが忘れられなかったのぉ」

はっきりと自覚した。

自分は見られながらオナニーをしていることで、滅茶苦茶感じている。

コリコリの乳首が燃えるように疼き、クリトリスを押し込むように刺激すると、骨盤にびりびりと快感が走る。人差し指でクリトリスを刺激しつつ、中指と薬指をずぶりと膣穴に差し込んだ。

「はあぅっ」

そこは自分のものとは思えないほどトロトロに茹だっていて、二本の指を「きゅうっ」と強く締め付けてきた。馬場のあの太い陰茎もこんなふうに締め付けていたんだろうか。この締め付けが彼を喜ばせていたのかと思うと、綾香の胸は女としての喜びに満ち、熱くなる。

「けど……鉄男はそれからエッチに誘ってくれなくなって、アタシのほうからしたいって言うのも恥ずかしくて……だから、自分でしようと思ったの……けど……」

「けど？」

くちゅくちゅ、くちゅくちゅ……綾香の手の動きがいっそう激しくなる。息遣いは荒く、夜風に晒されているはずの白い肌に、うっすらと汗が浮かぶ。

温泉で濡れていた髪や肩は既に冷たくなっていたが、その冷たさも気にならない。そんなことよりもっともっと、馬場に見られながら自分の指で気持ちよくなりたかったのだ。

「はぁ、はぁ……けど、自分じゃダメなの。自分でおっぱい弄ったりするくらいじゃイケなかった……なのに、なのになんで今はこんな気持ちいいの……あぁんっ」

くちゅくちゅ、ぐちょ、ぬぷっ。手首のスナップを利かせて二本の指の根元まで突き入れる。その指を膣の中で折り曲げて膣肉をコリコリ掻くようにすると、じゅわっと熱い液体が指を包み込んできた。

綾香は濡れた長い黒髪を振り乱し、白い肢体をよじらせてわなないた。まだアクメというほどではなかったが、自室で行ったオナニーとは比べ物にならない快感が、綾香の身体を貫き走った。

（見られてる……こんな、自分で自分の膣を弄って悶えてる姿を、全部見られちゃってる……）

ただの自慰だけでは得ることのできなかった快感に、綾香は無我夢中だった。

股をさらに大きく広げる。くぱぁ、と開いた肉裂を馬場に見せつけるように、腰を前に突き出した。その淫らなポージングに対し、馬場が生唾を飲み込む音まで鮮明に聞こえた。

(あぁ……いいっ！　見られながらオナニーするの、気持ちいいぃいいっ！)

自室で一人オナニーした時は、それなりの快感は得られたものの、それはセックスの快楽には及ばなかった。けれど今は違う、少女の肉体は来るべき愉悦の大波の予感に打ち震えている。

あの時と今、何が違うかといえば馬場に見られながらのオナニーだということだ。あの舐めまわすような眼で見られていると思うと、乳首もクリトリスも膣穴も、すべての感度が上がり、自分の身体を弄る手が止まらない。

けれど、それはおそらく見ているのが馬場だからだ。

もしオナニーを見ているのがここの従業員だったとしても、これほどの快感は得られなかったに違いない、綾香はそう確信していた。

「あっ、あ、はぁっ！　あ、アタシイキそう……鉄男に見られながらオナニーして、こ、このままイッちゃいそう……っ！　ねえ、イッていい？　このままオナニーでイッていい？」

ちら、と正面の馬場の方に目をやると、彼は少し前屈みになっていた。

さっきまでは割と余裕を持って綾香の痴態を見つめていたのだが、今は食い入るように前屈みになって、発情したオス犬のように息を荒くしているのだった。

彼が綾香の自慰を見て興奮しているのは、疑いようもない。綾香はその凶暴な視線にゾクリと背筋を震わせ、股ぐらをえぐる手の動きをさらに速めた。

くちゅくちゅくちゅ、ぐちょぐちょぐちょ、腰が勝手にびくんと跳ね、露天風呂の岩肌からずり落ちそうになるのを懸命に堪える。湯面ギリギリのところでぱしゃぱしゃ飛沫《しぶき》を立てるほどに手首を利かせ、肉穴を深くえぐった。

「あぁああっ、いいっ！　イクッ、イクところ見てッ！　綾香のオナニーアクメ見てて っ！　あっ、あ、イク、いくぅううう～～～っ！」

ぷしっ、ぷしゃっ！　股間から噴き出た潮が弧を描き、温泉の中に落ちていく。

はじけ飛びそうに痙攣する身体を押さえ込むように、綾香は自らの乳房を痛いほどに揉みつぶす。半開きの唇から舌を突き出し、そこから甘い声が断続的にこぼれる。のけぞらせた白く細い喉に筋が浮かぶ。

「はぁっ！　はひ、ひっ、はぁあ……っ！　あ、はぁ……んっ。イッ、イキそ、あっ、イクいくいくぅう～～～っ」

達した。

一人だけのオナニーでは決して得ることのできなかった強烈なアクメに、綾香は包まれていた。それは太くて硬いイチモツをねじ込まれる快感とはまた別種の、しかしそれに勝るとも劣らぬほどの悦楽であった。

（これ……すごい……すごいけど、やっぱり一人でするだけじゃこんなに気持ちよくなれなかったんだ）

それはオナニーであると同時に、馬場の強烈な視線に犯されイカされたということでもあった。

絶頂の余韻に浸りながら膣穴からそっと指を引き抜く。

とろり濃厚なアクメ汁が糸を引いて、指と繋がっていた。その指を無意識に唇に持っていくと、綾香は自分の蜜にまみれた指を口に含んだ。

ちゅっ、ちゅっ、れろ……男の精液とはまた違う、メスのイキ汁のしょっぱい味に頭の奥が蕩《とろ》けそうになる。オナニーでこんなに気持ちよくイケるとは思っていなかったが、こんな自分を見て、馬場は満足してくれただろうか。

そう思って馬場の方を見ると、馬場はいつの間にか湯船から立ち上がっていた。

「うぅ…………うぉおおおおっ！」

突如、獣のような雄たけびを上げる馬場の股間には、恐ろしいほどに膨張したイチモツが隆々と天を仰いでいる。そしてざぶざぶと湯を波立たせながら綾香に近づくと、その肩をぐいと掴み上げる。

「て、鉄男!?」

「先輩、エロすぎッスよ！　いくら俺でも我慢できねぇッス!!」

すごい力で力任せに立たされると、そのままぐるりと後ろを向かされる。岩風呂の端に両手をつかされると、尻に硬く熱いものが押し付けられた。温泉の湯でさんざんに茹でられたそれは、真っ赤に焼けた鉄の棒のようだ。

「ちょ、待って、アタシイッたばかりで、すごく敏感……あぁあっ！」

ぬぶっ、ずぶぶぶ～～っ。馬場のごつい手が綾香の骨盤をがっしと押さえつけたかと思った次の瞬間、腕かと思うほど巨大な肉棒が綾香の股に打ち込まれた。

指二本、それも少女の細い指で繊細なオナニーをされていた肉穴は、むりむりと内側から拡張され、綾香はその衝撃に白い肢体をのけぞらせる。しかしそれは痛みを伴うものではない――――むしろその逆だった。

（あぁああっ！　これ来たッ、すごいの来たッ！　これ以上されたら、鉄男に服従さ

せられちゃうぅうっ）

「うおっ！　おっ、ぉ、うおぉおっ！」

猛り狂うケダモノのような咆哮《ほうこう》と共に、馬場は綾香の股間に猛烈なピストンを浴びせた。

いつものような、綾香を翻弄する余裕のあるピストンではない。目の前にある女体を貪り食わずにはいられない、そんな血に飢えた肉食獣のごとき猛々しいピストンだった。

「ひぃいっ！　ひっ、ひあ、あ、あひゃうぅう〜〜っ」

人並み外れた巨根、それもかつてないほど膨張した肉の凶器をねじ込まれ、綾香は悲鳴を上げた。だがそれは悲痛な叫びではなく、歓喜のそれ。強く逞しいオスに屈服させられる悦びに満ちたものだった。

「はぁあっ、すご、イッ、イク、イィイッ‼　そんな、すごいのされたらまたイクぅううっ」

見られながらのオナニーから一転、まるで交尾のようなセックスに、綾香は一瞬で飲み込まれた。

凄まじい突き入れに身体を支え切れなくて、へなへなとへたり込んで岩風呂にしがみつくが、馬場の勢いは止まらない。ばっしゃばっしゃと飛沫をたてて腰を振り立て、膝の屈伸を使って綾香の子宮を思い切り突き上げる。

既に綾香の脚には力が入らない状態だったが、そんなことにはお構いなしで突き上げるものだから、綾香の下半身全体が馬場のイチモツに持ち上げられる。よほど綾香の肉穴が心地よいのだろう、馬場は半ば白目を剥いて歯を食いしばりながら、腰の振り立てを止めようとはしない。

「いいぃい、イクっ、イッちゃう、また、あ、イクぅっ！」

「おっ、うぉ、うぉおおっ！　ど、どうだっ、いいかっ、もっとか、もっとして欲しいのか、うあぁああっ」

これまでは、恥じらう綾香にあれこれ調子のいいことを言って、ペッティングやセックスに持ち込んできた馬場だったが、今は違う。

目の前で自慰に悶えよがり、とうとうアクメにまで達した綾香の痴態を見て、馬場の中にあったタガが外れてしまったのか。いつものお調子者の顔はどこへやら、ただ勢いに任せるだけのピストンで綾香を責めまくる。

そして責められる綾香もまた、我を忘れた馬場のむき出しの性欲に身をさらけ出すことを望んでいた。

「もっとぉっ、もっとしてっ！　もっと奥っ、綾香の膣奥ずこずこしてぇええっ」

綾香は馬場の勢いに反応するように、自ら尻を突き出さんばかりに興奮していた。他に客がいない……だが従業員達はいるはず。それだけ大声でよがっていれば、従業員達に聞こえるかもしれない。

そんな考えはいっさい頭をよぎらなかった。

絶頂したばかりの膣内を滅茶苦茶にされたい。もっと犯されたい。そのことしか綾香の頭にはなかった。

「あぁっ……好きっ！　硬いの好き……大好きっ！」

たまらず叫んだのは、まだ絶頂の余韻が残る膣が再び疼き始めたからだ。

それも今度はオナニーによるアクメではない、巨ペニスに蹂躙されたメス穴が愉悦の予感に震えていた。馬場の勢いはまったく衰えない。馬場自身、射精が近いのかせわしなく呼吸を繰り返している。

いつもならイキそうになる綾香の様子を見てわざと責めの手を緩め、焦れて悶える様を堪能するのに、そんな余裕はない。

「くそっ、なんだこれ……なんだこれ、綾香ま○こ気持ちよすぎるじゃねえか、ふざけんなっ、このっ、うぉおおっ」

「スキィ……好き、愛してる……鉄男、大好き、愛してるぅうう……」

もうこれ以上、姿勢を保てない。ずるずると岩風呂の床に倒れ込み、べったりとうつ伏せになりつつ、なお子宮を突き上げるピストンに腰が持ち上げられる。

「おっ、俺も、おれも……あっ、愛してるッス、先輩っ！」

「アタシも、愛してるっ、好きッ、好き、だからもっと、もっと激しくしてぇえっ」

今まで馬場が綾香に囁いた愛してるは、欺瞞《ぎまん》と虚飾に満ちたものでしかなかった。狙った女をモノにするための方便、上っ面の言葉でしかなかった。だが今は違う。違うと綾香は感じた。それは肉と欲にまみれたものではあったが確かに綾香はそこに真実の響きを感じたように思えた。

（あぁ、アタシ求められてる……鉄男の生の、むき出しの欲望に晒されて、イキまくってるっ）

綾香の脳裏にあるのはただ、欲望のままにふるまうオスに、自分が支配されようとしていること、屈服することを望んでいるということだけだ。

「ひぃ、いっ、イクッ、あ～～つまたイクウッッ」

「うぉお、あぁああ～～～っっっ」

ついに限界を迎えたのか、馬場が獣のように吠えた。

ずぼり、と巨根を引き抜くや綾香の肩を掴んで自分の方を向かせると、反り返った肉棒の先を綾香の顔に向け腰を震わせた。

どびゅっ、びゅっ、びゅるるるっ。まるで噴水のように噴き上がったザーメンが、綾香の顔に、胸に、髪に降り注ぐ。

「あぁっ、熱いぃいいっ……！」

精液の熱を感じた綾香がそう叫び、ぷるぷると身を震わせてアクメに達した。

反射的に目を閉じたその額にも、半開きの唇にも濃厚な精液がまき散らされ、綾香は舌を突き出してそれを受け止めた。鎖骨や乳房に飛び散った体液は糊のような粘度でべっちょりとへばりつき、垂れ落ちもしなかった。

「おう……おぅうう……ううう……」

射精の快感が相当だったのか、もう馬場の口からまともな言葉は出てこない。ただイチモツの先からはいつ果てるともなく大量の白濁が噴出し続け、綾香の上半身を白く染め上げていく。

濃厚なオス汁が温泉の熱で温められ、ザーメン独特の臭いを立ち上らせる。綾香は快感の余韻と共にそれを胸いっぱいに吸い込む。

「ふーっ……ふーっ……」

ようやく射精が終わった馬場は、肩で息をしながら綾香を見下ろす。綾香はというと、顔や胸一面にまき散らされたザーメン臭に包まれて、うっとりとまどろんでいた。驚くことに、あれだけ大量射精したというのに、馬場のイチモツはまだ半萎え……まだ完全に萎えてはいなかった。

馬場は身を屈めると、綾香の艶《あで》やかな黒髪を手に取った。

「はぁ、はぁ……綾香の、髪……」

上質の絹糸よりも艶やかな乙女の黒髪、それをイチモツに巻きつけると、ぐい、ぐいとそれでイチモツを拭い始める。拭っているうちに、半萎えだった陰茎はやがてむくむくと膨張していく。

「ちいっ、俺としたことが、我を忘れちまった。あんなエロいオナニー見せられて我慢できっかよ……」

本来なら綾香にぶちまけた精液を綺麗に洗い流すところだが、部屋に戻ったところで、どうせ同じことになるのだ。馬場は綾香の身体をお姫様抱っこで軽々と持ち上げると、全裸のまま露天風呂を出ていった。

第七章　箱根旅行　三日目

旅館の扉の向こうに微かな足音、そして人の気配を感じ、綾香はドキリとした。

自分がどんな格好をしているのかを思い出すと、頬が熱く火照ってくる。布団の中の少女は一糸まとわぬ全裸。だが咄嗟に身を起こすことも、浴衣に手を伸ばすこともできない。大柄な少年が——彼もまた全裸であった——に押し倒され、股間をペニスで貫かれているからだ。

「失礼しま〜す。朝食をお持ちしました〜」

従業員は何のためらいもなく部屋に入ってくると、その手には出来たての和定食があった。そういえば障子の外を見ると、もうすっかり明るい。

「ヤダちょっと……人来て、あっ」

「あ〜そこら辺に置いといてよ」

「はい、ごゆっくり〜」

従業員の声に驚いた様子はない。それもそのはず、綾香は知らないことだったが、彼女がほぼ一晩中犯されている間、その淫らな喘ぎ声は部屋の外にまで漏れ聞こえていた。

それだけではない、実はこの部屋には隠しカメラが仕込まれていて、綾香と馬場のまぐわいの一部始終は従業員達のすべて知るところだったのだ。彼らは旅館経営者の一人息子である馬場に諾々と従いつつ、綾香のような美少女がはしたなく乱れる様をしっかり楽しんでいたのだ。

無論、盗撮カメラなどという仕掛けはこの部屋だけのことであって、ここ以外の客室にそんなものは設置されていない。この部屋は馬場グループ会長の御曹司である鉄男がプライベートで女を連れ込むための特別な部屋だったのだ。

馬場はこれまでにも綾香以外の女性を何人も連れ込んでいた。だから従業員もこうした対応には慣れっこだったのだ。

「では、失礼しました〜」

朝食を並べた従業員が部屋を出ていく。その声にどこか呆れた響きが感じられたのは綾香の考えすぎだろうか。いや、確かに従業員の声には「ま〜たやってるよ」という感情が含まれていた。

「も……もうヤダ、こんなトコまで見られて恥ずかしい……それに、もうここ来てからずっと……」

綾香より年下のはずの馬場少年の精力は、誠に驚くべきものだった。すぐにその巨根を回復させてしまうのだ。逞しい腕、逞しい脚と腰の動きだけではない。彼は何度射精しても、すぐにその巨根を回復させてしまうのだ。もう綾香は彼のことを女性経験の浅い少年だとは信じていない。それどころかこれまで数え切れない女性と関係を重ねてきたのだろうというのはうすうす気付いていた。

だが、彼に犯されれば犯されるほど綾香の身体は開発され、何度だってイカされてしまうのだった。

「さすがに疲れてきました？」

「ウ、ウン」

綾香を気遣うような物言いに、少女は少しだけホッとした。彼だってまったく疲れ知らずであるはずがない。喉も渇けば腹も空くだろう。これで少しは休ませてくれるだろうか……そう思った綾香は、馬場という少年のことをまだなにも理解してはいなかったのだ。

馬場は実は綾香をいたわるどころか、少しだけいじめたいような気分になっていた。というのも、昨夜の露天風呂で綾香のオナニーを見せられた馬場は、思わず我を忘れて綾香に襲いかかってしまったのだ。それこそ発情した獣のように激しく綾香を犯し、欲望のままに精液をぶちまけてしまっていた。

そんなテクニックもなにもない乱暴なだけのセックスは、いつもの自分らしくない……だから内心では密かにこう思っていた。

(今日は俺がとことん責めまくって、イカせまくる番だぜ。覚悟しときなよ綾香先輩)

そのために馬場が取った方策は、綾香にとって想像外のやり方だったのだ。

「じゃあ次はこれ、イッてみましょうか」

「エッ?」

馬場の手が綾香の下腹部に伸びてきたかと思うと、太い指がぐいとそこを押した。

膣にはまだ深々と馬場の陰茎が挿入されている。それは痛いというほどの力ではなかったが、そこを圧迫されることで今まさに挿入されている陰茎の存在感を嫌でも感じずにはいられなかった。

それは昨夜同様に、もしかしたらそれ以上に太く、硬く、長く、そして熱く綾香の中心を刺し貫いていた。

「っ、はぁっ……!」

「どうッスか、これ。俺のちんぽをさっきより感じるでしょ」

「う、うん、あんっ、そこそんなに押しちゃダメ……」

ダメなのは無論、痛いからではなく、どんどん身体の感度が上昇していくのが自分でもわかるからだ。

(何コレ、お、奥に当たってるのがはっきりわかっちゃう)

さらに下腹部をぐいぐいと圧迫しつつ、馬場はにんまりと得心の笑みを浮かべた。

ここからが馬場の奥の手とも言えるやり方だった。

「ポルチオ性感帯……わかります?」

もう一晩中、何時間も犯され通しだというのに、綾香は新たな快感に首をのけぞらせ身をよじる。これまでにも馬場には何度もイカされたはずなのに、こんな快感を覚えるのは初めてだった。

(ポ、ポルチオ……なに……?)

そんな綾香の反応をしっかり確かめてから、馬場はやおら勃起ペニスをずぶりと引き抜いた。

「あひっ」

「やっぱ先輩は感度抜群ッスね。もっともっと気持ちよくしてあげたいんスけど、いいッスか?」

照れたように頭を掻きながらそんなことを言いだす馬場に、綾香は「えっ、えっ」

と困惑するしかない。

「子宮の入り口のすぐ近くなんスけど、ポルチオ性感帯っていって、女の子が一番弱くて感じやすいところらしいンス。どんな感じにくい子でも、そこを責めればもうイキまくりの感じまくりになるっていう、言ってみれば必殺の性感帯……そこ責めていいッスか」

「えっ、ダ、だめだめっ」

かろうじてそう答えるのが精一杯だが、少年の股間のモノはみるみる反り返って大きくなっていく。口では綾香を気遣っているようでも、その実馬場はヤル気満々にしか見えない。

(さっきの、あんなすごいのされたら私本当に……)

しかし馬場は綾香をあらためて布団に押し倒すと、綾香の股を大きく広げさせた。そして反り返ったイチモツの先端を、乙女の花びらに近づけてくる。性感帯か何か知らないが、もともと綾香は感じやすい体質なのだ。

そんなところを責められたら、どうなってしまうかわからない。今以上に感じてしまうなんて、想像もできなかった。

「エッ、だからダメって、あ、ダ、ダメだから」

「大丈夫ッス！　そのためにたっぷり時間をかけて慣らしてきたんスから。先輩なら大丈夫、俺を信じて、一緒にイキまくりましょう！」

「ダ、ダメだから……本当に、やっ」

そうこうしているうちに亀頭は完全に綾香の中に飲み込まれてしまう。今更、馬場に犯されるのを拒むことは、綾香にはできなかった。自分がどれだけはしたない姿を彼の前に晒してきたのか。それを考えると「何を今更」という、いかにもカマトトぶっているのかと自分でも思うからだ。

それに馬場がそれを望むのなら、できるだけ応えてあげたい……という気持ちもないわけではない。そして綾香自身に、未知の快楽に対する好奇心が多少はあったのである。

「この旅行の最大の思い出になりますよ、きっと」

「で、でも……ちょっと怖いかも」

「もっと、先輩がもっと気持ちよくなれること、教えてあげますよ……」

ずぶ……ずぶずぶ……挿入がどんどん深まっていくと、それと同時に綾香の抵抗は小さくなっていく。果たして自分が綾香の性感帯を探り当てられるかはわからないが、馬場には自信があった。

「ね、ほ、本当に奥まで挿れるの……」

「いやぁ俺も聞いた話なんですけど。経験豊富な先輩が、ある時すげぇマグロ女とやったらしいんですよ。で、なんとか感じさせてやろうと色々確かめているうちに、それに気付いたらしくって」

その口調から、綾香は直感的に先輩の話ではないと感じた。

「で、そこを探り当てて突いてやったら、人が変わったようによがり出したらしいんです。先輩はただでさえ感度がいいから、きっとすげぇイキまくれますよ！」

「そ、そんなのされたら、アタシ本当にヘンになっ……あ、はぁっ！」

「こ、ここかーっ」

ずっぷり根元までえぐり込んでから、そこから腰を突き上げた。その衝撃にたまらず綾香の腕が馬場の首に絡みつく。馬場の顔に乳房を押し付けるように抱きつくと、馬場の太い腕ががしりと綾香の腰に回り、そのまま綾香の身体を持ち上げた。

「あ……あぁ〜〜っ」

半開きの口からは、キモチイイという言葉すら出てこない。ただ愉悦に歪む喘ぎ声だけが空しく響く。

（すごい、何これ意識が飛んじゃいそう！　これって、さっきより深いところまで届いてない？　お、思ってた以上にものすごいよこれ！）

馬場は「子宮の入り口すぐ近く」と言っていたが、それどころか子宮の中にまで押し入ってくるようだ。

綾香の男性経験は馬場一人だったが、馬場の亀頭は一般的な男性のそれより一回り大きい。まるで握り拳のような巨大な亀頭が狙いを過つことなく、綾香の性感帯をまんべんなく、容赦なく突いてくるのだ。

（キッ、キモチイイ………！）

やがて綾香の頭の中は、ただ一つの感情に支配されていく。

馬場のイチモツは子宮の入り口をごりごりと擦り、ともすれば子宮に入ってきそうな勢い。その圧倒的な存在感にはとても抗《あらが》うことなどできなかった。

（キモチイイ、キモチイイ、キモチイイよぉおおおっ！）

綾香の腕に力が入り、馬場の身体にしがみついていた。長い下肢を少年の腰に回してうんと締め付けると、彼もそれに応えるように腰を浮かせ、さらに深く突き入れようとする。突き上げられた子宮が内臓を圧迫し、呼吸が止まりそうになる。

それでも綾香は無我夢中で馬場と舌を絡め、彼の頭部を胸に抱きしめ、いっそうの陵辱を欲していた。

「あぁ～っ、ひっ、イク、イクゥウウウウッ！」

ほぼ一晩中犯され続け、綾香の肉体も敏感になっていたのは事実。

だがこうもあっさりとアクメに押し上げられるのはまったくの予想外だった。それだけ馬場の言う性感帯への責めが効果的だったのだ。おそらくは聞いた話などではなく、馬場自身の手で何人もの女を蕩かせてきたのだろう。

まるで女体の隅々まで知りつくしたかのような、巧みで大胆な責めに、綾香は完全に酔いしれていた。

(最初はホテルで初めて経験した……そしてこの旅行で、昨日、一昨日と二日連続でイカされ続けた、のに……)

それなのに、まだそれ以上の快感があるなんて。だが、不思議と恐怖は感じなかった。年下の少年が与えてくれる未知の快感にもっと流されたい、もっと溺れたいとさえ思った。

いったい自分がどこまで快楽の高みに登れるのか。そこに導いてくれるのは、おそらく馬場のような男しかいないと直感した。

「先輩、ま○この奥がきゅんきゅん痙攣してますよ。ほら、舌出して」

「あふ、あむぅう……んっ、あぁっ」

馬場の手が優しく綾香の髪を撫でつけ、彼は少し腰を引いた。

さっきまで激しく突かれていた子宮口から陰茎が撤退し、綾香はほんの少し物足りなさを感じる。だが、れろれろと絡めてくる熱い舌のぬめりを感じると、彼の性欲がまだまだ減退していないのを感じた。

(まだ……されちゃうんだ。さっきの、すごいのを)

そう思うだけで背筋がぞくぞくして、うなじの毛が逆立つ。言うまでもなく、それは期待によるものだった。

もっとされたい……さっきみたいなの、もっと欲しい。自分からおねだりするのは恥ずかしいが、綾香は一切抵抗するのを止め、自分から股を広げてより深くまで馬場を迎え入れる体勢をとった。

そんな綾香の痴態に、馬場は満足そうに頷く。

「どうです、結構よかったでしょうポルチオ」

そう言って馬場の指が綾香のアンダーヘアの辺りを撫でまわし、クリトリスを指先でつまみ上げた。まだ絶頂の余韻を残す綾香の股間は、ひくひくと切なく震えた。馬場はどう見ても綾香を焦らし、先ほどの奥への刺激を欲しがらせようとしているようだった。

「じゃ、またしてあげますからね～」

（アタシもう……ダメになりそう。ううん、もうとっくに）

そう思いつつも、綾香は自ら馬場の胸に身体を預け、対面座位の格好で自分から唇を突き出した。

「先輩はただでさえ敏感だから、もっとすごいとこにまでいけますよ。俺と一緒にそこまでイキましょ」

「う……うん」

ずず、ずずっと再び挿入が深まっていく。太くて硬い肉の棒は未だ締まりの十分な乙女の肉を押し分け、ずんずんと膣奥に、やがて子宮近くに到達した。さっきと同じ刺激をまた味わえると思うと、それだけで綾香の胸は高鳴った。

そうして馬場を誘うように、彼の唇を舌で割って、れろれろと舌と舌を絡めて唾液を交換した。

（あぁ来る。またあの気持ちいいところ、擦られちゃうんだ。欲しい……さっきの、もっと欲しい……）

大きな掌が綾香の骨盤を押さえつけ、自らの下腹部に激しくぶつけた。

「ひんっ！　そ、そんな、いきなり強く……」

高校生とは思えないほど逞しく、力強い突き入れは綾香の最奥部をまともに貫いた。だが馬場の巧みなのはここからだった。根元までえぐり込んだ状態からさらに腰を器用にくねらせてくるのだ。

亀頭が確実に綾香の性感帯を探り当て、確実に刺激してきた。

ずっちゅ、ずっちゅ、ぱん、ぱんっと肉と肉の擦れた湿った音が部屋中に響くと、もう少女は喘ぎ声を抑えることができない。たとえ部屋のすぐ外に従業員が聞き耳を立て、ほくそ笑んでいたとしても、声を抑えることなどできなかったろう。

「あっ、あぁっ！　あぁああ〜〜〜っ」

性感帯を的確に責められた綾香の身体がアクメの痙攣を始める。思わずのけぞり倒れそうになるのを、太い腕が支えてくれる。そしてさらに深みへ、深みへと綾香の中を侵略していくのだ。

「おっしゃイケイケッ」

「すごいっ、これすごいよっ」

荒々しく、しかも確実に性感帯を突き擦る馬場の顔は、歓喜に満ちていた。それが決して綾香に対する笑みでないということは、綾香自身も承知していた。

彼は……自分を征服しているんだ。

私を自分の女に、もっと確実に自分のモノにしようとしている。だからこんなにも執拗《しつよう》に性感帯を刺激し、私が彼から逃れられないようにしているんだ。

少し前までの綾香なら、持ち前の勝気さでそんな男の態度には反感を持っていたことだろう。女を所有物か愛玩物のように扱う男の傲慢さだと断じ、拒絶していたかもしれない。しかし今は違う。綾香は馬場の女にされ、屈服することに言い知れない幸福感を味わっていた。

（アタシは……女の子だから。こんなに気持ちよくされて、平静でいられるわけない。もっと、もっと私の身体に彼を刻み込んで欲しい……こんなすごいのに抵抗するなんて、無理だよ……っ！）

頭でなんと言おうと、太く逞しい陰茎で性感帯を突き上げられる快感に勝るものなど何一つなかった。

綾香は黒く長い髪を振り乱し、その成熟した肉体の感じるままに叫んでいたのだ。

「ヤダァアッ、キモチイイッ！　あ～～んっ、キモチイイよぉおっ！　性感帯すごいっ、こんなの、こんなの初めてぇえっ」

続けざまに襲ってきたポルチオアクメに、綾香の身体はほとんどエビぞり状態で、馬場はそんな綾香の中心を貫き続け、思うさま少女のアクメを堪能した。

「ア〜ッ、イ、ク……イクッ！　イクゥウウッ！」

あまりの快感に意識が遠のきかけた時、とどめとばかりに馬場の動きが激しくなった。まさにそれこそが引き金になって、最後の最後に巨大なエクスタシーの衝動が綾香の意識を満たしていく。

「あィ〜〜〜っ、イグゥウウウウウウウウ！」

ガクガクと手足が勝手に痙攣するのがわかる。頭の中が真っ白になるが、まだ意識が遠のくことはなかった。それほどに襲ってきたアクメが巨大すぎて、失神することすらできなかったのだ。

（こんな……すごいものだったなんて……こんなキモチイイこと、あったんだ。もうこれさえあれば、他になんにもいらない……イラナイ……）

「うぉ、この締め付け半端ねえ……チクショウ、このっ、おら、オラオラッ！　あぁダメだ、搾り取られる………」

馬場の声がずいぶん遠くに聞こえた。

でもまだアクメはどんどん綾香の心をかき乱し、意識が飛ぶことすら許してくれない。膣の痙攣は、馬場の巨根すら放そうとしない、それほどまでに貪欲だった。馬場は何度も腰を引いて陰茎を抜こうとしていたが、それすら無理だった。

「あぁくそ、出る、でちまうッッッ」

（出して、中で……アタシの中で、熱くて濃いのをいっぱいいっぱい、いっぱい出して、子宮を満たしてっっっ）

かつてないほど巨大な絶頂が綾香と一体化しようとしていた。

綾香は歓喜と共にそれを迎え入れ、同化し、そしてそれは深々と打ち込まれた馬場のイチモツまでも取り込もうとしているように感じられた。

どくんっ。どびゅっ、びゅっ、びゅるるる～～っ……凄まじい量のザーメンが子宮に直接打ち込まれているのがわかった。しかしなお恐ろしいことに、綾香はこの信じがたい絶頂にすらまだ満足していなかったのだ。

（もっとして……もっと私を犯して……それで、気持ちいいのもっとちょうだい、ねえもっと…………）

そしてようやく綾香の意識は闇に吸い込まれていったのだった。

絶頂の度に意識を失うのは、これでもう何度目だろう。

この箱根の旅館に来てから綾香はほぼ昼夜を問わず、ずっと馬場と交わり続けていた。そして数え切れないほどのアクメを味わわされてきた。だがまだ記憶に鮮明に残っている性感帯アクメは鮮烈だった。

「う、ん…………」

まだ気だるさの残る身を布団の上で起こすと、馬場は全裸のままペットボトルのお茶を呷り、既に配膳されていた昼食に舌鼓を打っていた。ということは、午前中ずっと、綾香は馬場とセックスし続けていたということになる。

馬場の健啖ぶりはものすごく、山盛りの飯を何杯もお代わりしていたが、綾香はまだアクメの感覚が残っていて、とても食事をする気にはなれなかった。

あるいはひょっとして、馬場がこうして大食なのはそれだけ放出もすごい量で、その補給のためなのだろうかと、綾香はふと思った。それならまだ馬場にも普通の少年らしいところもあるのだなと、綾香は少し可笑《おか》しくなった。

（……お腹の奥の方に、まだおちんちんが入ってるみたいで、胸がいっぱいでごはんなんか食べられないよ……）

そのくらい、あのポルチオ性感帯責めがすごかったということだ。あんな快感を知ってしまったら、女の子ならもう一生忘れられないだろう。初体験での衝撃以上に、自分の肉体がもうすっかり快楽を刻み込まれたという実感があった。

「ふい～食った食った。俺は少し食休みさせてもらいますけど、先輩は汗でも流してきますか？」

言われてみれば、全身が汗やら愛液、唾液まみれでべたべたしている。

露天風呂……に行ってもし従業員と出くわしたら、と思うと、その気にもなれなかったので、内風呂でシャワーを浴びることにした。振り乱していた長髪にも櫛を入れ、どうにか体裁を整える。

（せっかく箱根まで来たのに、アタシってばなんだかエッチなことしてばかりみたいね……でも）

でも、それは綾香自身が望んだことでもある。ことにさっきのような強烈な経験をしてしまっては、熱い湯を浴びているうちに少女の白い肌は自然と熱を帯び、疼いてきてしまうのだ。

こうしていると、初めて馬場とホテルに行った時のことを思い出す。

生まれて初めての男子と二人きりのホテル。馬場が自分の身体を求めていることはわかっていたのに、自分は敢えて彼について行った。そして馬場の猛ったイチモツで処女を奪われたのだ。

もう昔の自分ではいられない。でもそのことを後悔したくない。少なくとも、この旅行中の間だけは……そんなことを考えながら髪を乾かし、部屋に戻った綾香を出迎えたのは全裸の馬場だった。

「ど、どうしたの」

「いや～スンマセン先輩。ゴム切れちゃったみたいで」

（えっ、ウソ……もう？）

そう言って馬場が手にした避妊具の空箱を見せたので、綾香は驚いた。それは確かに昼夜を分かたず、時間が経つのを忘れるほどセックスしまくったが、一箱まるまる使いきるまでしただろうか。

よもや旅館のゴミ箱に未使用のコンドームが捨てられているなど、綾香には知る由もなかった。いや、そもそもさっきの性感帯責めの時から、彼は避妊具を着けていただろうか。

そんな記憶すら、もう曖昧だった。

「どうしましょせんぱ～い」

いかにも困った顔を見せる馬場の股間では、萎えていたはずのイチモツが見る間に膨張していくのがわかった。その力強い姿を見ただけで、綾香は息が詰まるほどの興奮を覚えた。

さっき食べた大量の食物は彼の中で即座に精液に変換されているのではないか、そう思いたくなるほどの回復力だ。

これまでかろうじてゴム付きでさせていたが、それでもあれほど気持ちよかったのだ。あれがもし生ハメセックスだったら、いったいどんな快感が得られるのだろう……綾香の心臓は高鳴る一方だ。

「さ、さっきの……またしたいの？」

「いいんスか先輩！　じゃあ今度は後ろから入れてみましょうか」

「あっ」

いいともダメだとも言う前に、馬場は綾香に後ろを向かせると、壁に両手をつかせたのだ。ぷりんっと丸い少女の尻に熱い肉棒が押し付けられる、ただそれだけのことで、綾香は彼を拒否することができなかった。

(これで……子宮の入り口を、ずこずこされちゃったりしたら)

綾香の尻を後ろに突き出させるようにすると、馬場は立ちバックで早速挿入してきた。ほとんど前戯もなにもない荒っぽい挿入だったが、若い少年の性欲は収まるということを知らない。

しかも立ちバックなのでさっきされていた対面座位とは挿入の角度が微妙に違っている。

膣肉の前の方を亀頭の裏筋で「ごりりっ」と擦り上げられたかと思うと、そこからさらに根元までねじ込んでくる。綾香も割と長身のほうだが、体格差はいかんともしがたく、馬場が膝を伸ばすようにすると、綾香の爪先が浮き上がりそうになる。

「ダッ……あっ、待っ……あぁあ～っ」

「大丈夫、イク寸前で言ってくれたらちゃんと抜きますから！　ねっ！」

初めてホテルに行った時も、最後にはわけがわからなくなって、いつの間にか大量に中出し射精されてしまった。幸い、あの時は綾香が妊娠するようなことにはならなかったが、今はどうだろう。

（これ、前の時と全然違うよ……子宮が、アタシの子宮が鉄男を受け入れようとしてるのがわかる。アタシの「女」が、彼の子種を欲しがってる）

それは俗に言う、子宮が下がるという現象だった。

立ちバック状態なので、綾香自身の子宮の重みでそれが下がり、子宮口がゆっくりと開こうとしているのだ。一人の成熟した「女」としての綾香が、馬場の子種を受け止め、孕《はら》もうとしている。本能的にそう感じた。

「お～っ、もう少し、もう少し奥ッスか？　ここか、ここかっ」

「はっ、あ、はぁっ！　そこ、そこいいっ。あ、あぁ～っ」

そして――――それがそこに到達した。

挿入角度が変わったせいなのか、最初の時よりも力強く、広範囲に。

瞬間、頭の中が真っ白になって綾香の眼がぐるりと半分白眼になった。口は開いているが声がでない、呼吸ができない。「はっ、はっ！」と発情した動物のように、荒い息しか出てこない。

（なに……これ、アタシイッてるの……？）

襲ってきた快感のレベルが常識外れすぎて、自分が絶頂しているのかどうかすらわからない。ただ、馬場が斜め下からイチモツを突き上げる度、背中に電気が走り、身体が自然にのけぞってしまう。

（い、挿れられたばっかりなのに、こんな、こんなすぐに気持ちよくなっちゃうなんて、信じられないよぉ～）

がりり、がりっと指が壁をひっかくが、身体を支え切れず倒れそうになる。

（イッてるなら言わないと、言わないと中で……ああでも気持ちよすぎて声が出ない。コレ、すごすぎる……っっ）

そんな追い詰められた綾香の状況を知ってか知らずか、馬場の動きがさらに激しさを増す。彼は性感帯の位置を完全に把握したのか、そこを中心に容赦なく責め立ててきた。

パァンッ、パァンッと下腹部を叩きつける度、少女の丸くて白い尻肉が波打ち、子宮が揺すぶられる。綾香の膣奥は完全に無防備となり、馬場の亀頭にされるがまま、特別に神経の密集した部分をえぐり突かれる。

「はっ、あぁあっ、あんっ！　イ、イク……イクイク、イィイッ！」

「うおぉ……っ」

どびゅっ。びゅっ、びゅるるるっ、びゅばぁあああっ。膣の中でぶわっと亀頭が膨張する。先端から勢いよく噴き出した熱湯の塊が、直接子宮に注がれるような感覚に、綾香はわななき打ち震えた。

どうやらこの角度でも生ハメ突き入れは、馬場にとっても相当に気持ちのいいもののようだった。まだ挿入していくらも経っていないというのに、早くも馬場は綾香の中に濃厚な一発を注ぎ込んできた。

（熱い……熱いのが、子宮の中に叩きつけられてる……アタシの中を、どんどん満たしていく……）

「おぉおおっ、と、止まんねえ～～っ！」

馬場の射精は恐ろしく長く続いた。あれだけの荒淫の行為だというのに、少年の獣欲はまさに底なし。

彼のモノがびくびくと跳ね上がる度にお腹の奥が熱くたぎり、馬場の子種汁が自分の中を満たしていくのをはっきりと感じた。膨れ上がった子宮が内臓まで圧迫してくるようにさえ感じる。

(こんなの、トロけちゃう……ホント意識、飛びそう……)

まさかこの少年と……中学の頃、コウタをからかっていじめていたようなやんちゃ坊主相手に、こんな関係になるなんて、夢にも思わなかった。

コウタは心根が優しいぶん、いささか気弱なところがあって、きっとそういうところに付け込まれたのだろうと思った。昔から綾香は気丈な性質だったから、相手が男子でも毅然としてコウタを庇い、これを助けたものだった。

あの頃は馬場もまだ半ズボンの少年。コウタと同じただの「子供」にしか思えなかった。

それがこんなにも逞しく、男らしくなって、こんないやらしい格好で勃起したモノを自分にねじ込んでいる。悠々と腰を振り、熱い体液を子宮の中に注ぎ込み、自分に快感を与えてくれる。

(それが……ああ、こんなことになっちゃうなんて)

「う～、やっぱ中出しサイコウッス！　先輩のま◯こ気持ちよすぎで、また勃起してきちゃったッスよ！」

「あっ、はぁっ！　ま、まだダメ……だめぇえんっ」

馬場の言った通り、彼のイチモツはまったく衰えも萎えもしていなかった。

熱く、太く、反り返った肉の凶器がずぶずぶとめり込んで、ザーメンをたっぷり注がれた子宮めがけて突っ込んでくる。

へたり込んで四つん這いの格好になった綾香の腰を両手で固定し、ぱんぱんと前にも増して激しい勢いで綾香の中心を犯し続けた。乙女の子宮は完全に下がっていて、巨根の猛攻に為す術もない。

四つん這いになった綾香を征服支配するかのように、馬場は力強く腰を振り、綾香の性感帯を突きまくる。

「あぁ、あっ……イイッ！　キモチイイッ」

頭の中が混乱する。年下の男子にいいようにあしらわれ、性器も尻の穴までもすべて見られている。恥ずかしい、恥ずかしいと思えば思うほどに快感は増し、それなのに綾香は無意識に自分から尻を突き出し、さらなる陵辱をねだっていた。

（ダメなの――これ以上されたらホントにダメなのに！　なのに、もっと受け入れたく、なっちゃう……）

身体は既に受け入れていた。心にはほんの僅かだけ羞恥心が残っていたものの、それ以上の抵抗の言葉が出てこない。

それよりも下がりっぱなしの子宮にいまにも亀頭がねじ込まれそうで、このまま自分は身も心も完全に壊れてしまうのではないかという恐怖さえ感じた。だが馬場の猛ピストンは一瞬たりとも綾香を休ませることなく、綾香を二度目のポルチオアクメに押し上げていった。

「アァ～～ッ、イィイイッ、イクゥウウッ！」

もう何度この強烈なアクメを味わわされたことだろう。

しかし綾香の肉体はさらに強烈な快感を欲してやまなかった。心と身体は乖離し、むしろ快楽を貪欲に求める肉体のほうが、綾香の心までも支配し、愉悦で縛り屈服させていたのだ。

「うっ、もうちょっとで俺も二発目中出しできたんスけど、惜しかったス。けど、まだまだこんなもんじゃないッスよ先輩」

馬場は食べ終わった食器を脇に片付けると、座卓に綾香の手を突かせ、再びバックから突き入れてきた。もう性感帯もなにも関係ない、ただねじ込まれるだけで綾香は泣き叫び、何度でも絶頂に達した。

綾香の反応が鈍くなると、馬場は抜け目なく結合部に手を伸ばしてきて、指先に敏感なクリトリスをつまみ上げ、反応を引き出した。

「あぅ……はぅうう……す、少し、休ませて、おねが……あぁっ」

「ダメっすよ、二発目出しちゃいますからね～っ」

どくっ、どくんっ、どびゅるるる～っ……再び陰茎が跳ね上がり、熱いものが胎内に注ぎ込まれる。そこに至るまで、いったい何度綾香は絶頂させられたのだろう。もう時間の感覚すらもわからず、馬場の陰茎の動きに身を任せることしか、綾香には許されてはいない。

そこから横向きにさせられると、馬場は綾香の片脚を大きく持ち上げて、膣の浅い部分を突き始めた。それは性感帯セックスほど強烈ではなかったが、極限まで敏感になっている綾香には、十分すぎるほどの刺激。

こうしてされるがままに手足を折り曲げられ、弄ばれるという行為自体が綾香に悦びを与えていたのだ。

「はぁっっ、ふ、ぅうんっ。ま、またイク、イカされちゃう……」

綾香の喘ぎ声はもはや半分うわ言のようだった。イカされる、というよりは最初に立ちバックで挿入されてからというもの、綾香はほぼずっとイキっぱなしの状態が続いていた。

「何度だってイッていいんスよ、先輩……先輩は、生ハメ、中出しでイカされてるんスよ……わかってますか」

「あぁっ」

ぐい、と綾香の肩を押さえつけて仰向けにさせながら、馬場は綾香の耳に顔を近づけてきた。そうして、囁くように決定的な一言を口にしたのだ。

「はぁ、はぁ……はぁ……」

「わかりますか、子作りしてんスよ俺達」

子作り、その一言にぞわぞわと快感が走った。

「え、子作り？　ダ……ダメそれは、本当にダメ……」

「まあそう簡単に妊娠なんてするもんじゃないッスよ。けど、もう二発も出しちゃったし、もう先輩の子宮、俺の子種でパンパンじゃないッスか？」

綾香の目尻に大粒の涙が浮かんでいる。しかしそれは悲しみを表すものではない。女としての本能が、強いオスに支配され、モノにされる悦びを顕す涙。

それを理解した時、綾香の両腕が馬場の首に絡みつき、持ち上がった両脚は馬場の腰を強く強く挟み込んだのだ。

「あぐぅ、も……もう、だめ、壊れちゃう、こわれ、ちゃうぅ」

「まだまだ、こんなもんじゃないッスよ、先輩！　ま○こから溢れても、何度だって出してあげますから！」

口で壊れちゃうなどと言いながら、綾香は馬場にしがみついてより深くイチモツを受け入れようとしている。それを承知したうえで、馬場は激しく腰を振り、膣奥を、子宮の入り口をえぐり続け……そして、射精した。

どくっ、どくっ、どくっ……一向に衰えを知らない馬場の射精が子宮を満たしていく。綾香は気付いていなかったが、あまりに大量に中出し射精されたため、乙女の下腹はぷっくらとまるで妊娠したように盛り上がっていた。

射精を終えた馬場がゆっくり陰茎を引き抜くと、綾香の花びらがフルフル震えながら、内側からぶぴっ、と濃厚な白濁を噴きこぼしたのだった。

（いっぱい……いっぱい子作りさせられちゃった……子作りしながら、アタシイカされちゃった……）

いまにも飛びそうな意識を懸命につなぎ止めながら、絶頂の余韻に浸っていると、がらりっ、と障子の開く音がした。

そして室内に流れ込んでくるのは陽の落ちた後の涼しい風、火照った肌にそれが心地よかった。さすがの馬場もヤリ疲れたのか……と、ホッとしたのも、つかの間だった。

「そろそろ俺も限界なんでこれで最後ッス〜。ま、従業員に聞かれるかもしれないッスけど、いい声聞かせてやってくださいね、先輩」

「え……エッ？」

再び自分の股の間に陣取った坊主頭の少年は、右手にスマホを構えていた。

そして左手で軽く陰茎をしごくと、半勃ちの性器を綾香の膣に強引にねじ込んできたのである。

「んぅ……」

「こういうのって、男の本能なんスヨね……いい女を目にすると、何発だって出せるし、何回でもちんぽをおっ勃てられる。そういうものなんスよ。それは先輩、女の場合も一緒でしょ」

ぐ、ぐっと腰を突き出す度、半萎えだった陰茎に力が戻ってくるのがありありとわかった。綾香は馬場の回復力に驚くと同時に、胸が激しく揺すぶられるのを感じた。これだけ何十回となく交わってきたというのにまだ勃起するというのは、それだけ自分が「女」として求められているからだと理解したからだ。

それは理屈や理性を越えた、メスとしての本能に他ならない。強いオスの子種を受けて子をなすというメスの性だった。

「あれだけイキまくっておいて、この締まりですよ……ちんぽを包み込んでくるみたいで、たまらねぇッす。先輩も、女の本能で俺を求めて、気持ちよくなりたいんッスよね」

「ダメ……もうダメ、なのに……あぁっ！」

なんでこんなに気持ちよくなれるんだろう。子宮に何度も中出しされて、お腹の奥がたぷたぷいってるのに、身体中が彼を求めている。

目の前の力強いオスに屈服し、犯され、彼だけのモノになりたくなる。彼だけの子をなしたい、彼だけの子を産みたい、そんなあからさまな欲望が綾香を支配しつつあったのだ。

「はい、いい顔いただきますよ～っ」

ぱしゃっ、ぱしゃっ。スマホで撮影する音が何度も響き、その機械音にすら、綾香は欲情した。大きく開いた股間を惜しげもなくスマホの前に晒しながら、綾香は両手で自分の太腿を大きく持ち上げる。

「あぁっ、中でもうこんな大きく……あぁソレェ……ソレ、キモチイッ！」

何枚か写真を撮ると、馬場はスマホを傍らに置いて、両手で綾香の身体を弄び始めた。右手でクリトリスをくりくり摘み捏ね、左手は乳房を荒々しく揉みながら、乳首を思い切り引っ張った。

びりりと走る痛みすらも快感に転じ、綾香は我を忘れて悶えよがる。身体が勝手にくねり、太腿が馬場の腰を挟みつける。そうすることでより深く、彼のイチモツを咥え込むことができると綾香は承知していた。

「あぁ～っ、クリトリスいいっ、乳首感じる、イク、イクゥッ」

「お～、先輩ももうラストスパートッスね。じゃあ綾香は俺の子種、どこに射精して欲しい？　ちゃんと自分で言って！」

「ア、アソコに……あ、綾香の、アソコに、ひぃいいいっ！」

馬場の亀頭は例のポルチオ性感帯にはまだ達してはいなかった。

否、彼はわざと挿入を浅くして綾香を焦らしていたのだ。焦らして焦らして、焦らし抜いた果てに、綾香に最後の絶頂アクメを感じさせようとしていた。

「アソコ？　アソコじゃわかんないってホラ！　ちゃんと言わなきゃこれ止めちゃうよ、それでもいいの？」

「ああイヤダメッ！　止めないで、言う、いうぅうぅっ！」

ここで馬場は一気に挿入を深めた。イチモツは既に完全復活し、拳のような亀頭が乙女の子宮に激突した。

「あいぃいいっ」

「ねえどこよ？　綾香のどこにザーメン出して欲しいの、オラ言えッ」

ぱん、ぱんっ、ぱんっっという挿入音は、かつてないほど激しいものだった。綾香は追い詰められた獲物のように髪を振り乱し、首を大きくのけぞらせると、白い喉を上下させながら「お、オマッ」と口走る。

「あん？　どこに？」

「お、ま○こっ！　あや、かのオマ○コに射精して！　おちんぽで射精して、射精していいから、射精ぃいいいいい！」

「よっしゃ、んじゃイクぞっ！」

「キ、キテッ！　キテキテキテ、あぁあああ、ちんぽすごい、ちんぽもぅダメ、お、おま○こイカせて、子宮で、中出し射精で綾香のこと思い切りイカせてぇえええええええっ！」

これまでさんざん馬場の口から「おま○こ」や「ちんぽ」という卑猥語を聞かされ

てきたが、やはり恥ずかしいという意識から、綾香の口からそんないやらしい言葉を積極的に言うことはできなかった。

だが今、身も心も快楽に支配された綾香の口からは、我を忘れたかのようにそんな言葉が迸り出てしまう。

「うぉおっ、イクぞ綾香ぁあああっ」

「ひぃいいっ、ちんぽ来てっ、おま○この奥まできてぇえええっ」

イチモツは狙い通り性感帯の中心を貫き、そこで爆《は》ぜた。

睾丸が収縮し、そこに残された精液汁のすべてが鈴口から噴き出して綾香の子宮に注ぎ込まれる。もう妊娠しようが子作りしようがどうでもよかった。ただこのものすごい快感にさえ浸れればいい。

(あぁ……中に出てる、彼の熱い子種が私の一番深いところにどくどく吐き出されている……)

馬場の濃厚な子種が身体の隅々にまで浸透するような錯覚に陥りながら、綾香はその日最高の中出しアクメに達した。きっと今の自分は酷くだらしない顔をしているだろう、と心の片隅で思った。

口は半開きで舌を突き出し、目の焦点の合っていないアクメ顔をさらけ出しているに違いない。

でもそれがどうしたというのだろう。その代償として、自分は最高の快感を得ることができたのだ。後悔する理由など何一つないと思った。むしろ、心が完全に壊れるまで犯し続けて欲しいとさえ思った。

「あっ～～～～～っ、イッ、クゥウウ～～～～～～ッッッ!!」

既に月の昇り出した夜空に、少女の絶頂声が谺《こだま》していた…………。


そして翌朝……旅行の最後の日、チェックアウトの時のことだった。さすがに綾香もいささかの疲労を覚えていた。なによりまだ眠気が残っている。

(そりゃそうか……結局、旅行の間中ずっとシてばっかりだったんだもんね)

せっかくの箱根だったというのに景色を見ることもなく旅館に引きこもり、本能と欲望の赴くままに、昼夜セックスに明け暮れていたのだから。

我ながらなんて恥ずかしい旅行だったんだろう、と今更になって思う綾香に、一人の初老の従業員が、そっと耳元で囁いてきた。

「昨晩は、お盛んでしたな。クックク……」

「!」

聞かれてた……あのはしたない、いやらしい声を聞かれていた。そう思った時、綾香はショックと眠気で目の前がぐらりと揺れるのを感じた。

(いけない……倒れちゃう)

そう思った次の瞬間だった。

「っとと、大丈夫?」

「あ、ゴメ……」

力強い腕が、しっかりと綾香を支えてくれていた。ぐっと力を込めると、綾香の身体は軽々と支えられ、つい彼の腕に甘えてしまう。この三日間、この力強い腕にいいように弄ばれ続けた。

今まで知ることのなかった、興味すらなかったであろう性の快楽を綾香の心と身体に刻み込んだ男、馬場鉄男。

「ちょっとお疲れッスか、先輩」

にったりと笑うその笑みに、かつての純朴さを感じることは、もうできなかった。

この三日間、自分が馬場に犯され、嬲られ、そしてよがりまくったのは紛れもない事実だ。だが、この旅行に来たのも、馬場に抱かれたいと望んだのも綾香自身ではないか。

（それに——彼は今もこうしてアタシを支えてくれる）

馬場の逞しい腕を感じると、自然と鼓動が高鳴っていく。

胸の温もり、太くて硬い陰茎の感触と力強いピストン、そしてあのいやらしい舌遣いを思い出すだけで、身体の奥が熱く疼いてくる。

不意に綾香は猛烈な喉の渇きを覚えた。

エピローグ

「とまあ――これが俺と綾香の馴れ初めってやつさ。わかったかい、童貞コウタきゅん」

馬場がニタニタと笑う。

それは綾香が箱根旅行から帰って来てから少し経った頃のこと、ある日の放課後……校舎裏での出来事だった。

コウタは綾香と真紀子が一緒に旅行に行ったとばかり思い込んでいた。そんな自分に、馬場は綾香とのキス画像や裸で抱き合っている写真、あまつさえ馬場に犯されて蕩け顔になっている綾香の画像まで見せたのだ。

「ば、馬場ぁ……」

「おいおいさすがのコウタくんもお怒りですか？　じゃあとっておき、特選画像でも見せてやっか？」

そう言って馬場はスマホをいじると、コウタ達の方に向けた。

「な……」

それは旅館の一室と思われる和室の布団で、馬場に押し倒されて犯されている綾香の姿だった。しかも綾香は嫌がるどころか、自分から馬場にしがみついて快楽に悶えよがっていたのだ。

しかもその写真は、どう見ても隠し撮りのようだった。

「く……てめ……」

「この旅館、親父が経営してるって言ったろ？　だから部屋にちょっと隠しカメラ仕掛けるなんてお茶の子さいさいなのよ。俺と綾香が三日間、たっぷりヤリまくってる様子、ぜぇ～んぶ、うちの従業員に撮影させてたんだよ」

そう言ってコウタをせせら笑う馬場の笑みには、綾香に見せていた朴訥な少年の面影は微塵もなかった。

彼は最初から綾香を外泊旅行に誘いだし、そこで綾香を犯しまくる様子を撮影させることまで、すべて織り込み済みだったのだ。その悪辣な手口に、さすがの後輩達も絶句せずにはいられなかった。

「ちょ、馬場さんもう止めたほうが」

「これ以上はコウタくんのメンタル保《も》たねッスよ」

その時、拳をぶるぶる震わせていたコウタが、弾かれたように飛び出し、馬場に殴りかかろうとしたのだ。

「ふっ、おぉおおおっ！　お前ら、はなせ、放せぇええっ」

馬場に殴りかかろうとした山田コウタは、両側にいた後輩二人にすぐさま両腕を掴まれ、その場に押し倒された。

「チョット、コウタくん！」

「な、何してんスか！」

二人とも馬場の後輩というよりは手下のようなものだから、その行為は当然かもしれない。だがコウタはどうしても馬場を許すことができなかった。

これまでその大柄な体格と乱暴で居丈高な性格ゆえ、ろくに口応えもできなかったのだが、今日ばかりは許すことができなかった。

「ふっ、お前が俺に向かってくるなんて、それだけ本気だったたってことか。けど今更お前がキレたって遅ぇよ。さっき見せてやったろ、俺と綾香のエロエロスペシャル動画を。それだけじゃねえんだぜ」

三日間の旅行中、二人がセックスしまくって綾香が馬場の女になってしまったという、認めたくない最悪の事実。馬場は微に入り細を穿ってそれをコウタに語って聞かせたのだった。

「ば、馬場さん……」

「それはちょっと酷いッス」

「バカ野郎、現実を教えてやるのも男の優しさってやつなんだよ。なぁコウタ。お前綾香のことずっと好きだったんだろ？　ならなんで今までなにもしなかったんだ？」

　勝ち誇る馬場の言葉に、コウタはなにも言えない。

「綾香が東京の大学行くってのは知ってるよな？　綾香くらいいい女、大学で目をつけられないと思うか？　ナンパか合コンか……遅かれ早かれ、誰かが綾香に目をつけて、処女を奪っちまってたろうさ。どこの馬の骨かもわからねー奴よりかは、まだツレの俺でよかったろ？」

（コイツ……コロシテヤル……）

　強烈な殺意すら感じたが、それでも馬場の言葉の一部に正当性を認めないわけにはいかなかった。

　なぜなら、俺は、ほんとうに、なにもしなかったから。

　幼い頃から綾香のことが好きだった。

　優しい隣のお姉ちゃん、どんどん綺麗になっていく綾姉。幼馴染、姉と弟のような関係じゃなく、自分は一人の男として綾香のことが好きだった。綾香に恋をしていた。

なのに、自分で一歩を踏み出すことを怖れていた。

「カ……カラダだけの関係だ！」

「は？」

「綾姉はお前のことが好きになったわけじゃない、そこに綾姉の気持ちなんかないじゃないか！　綾姉はお前の口車に乗せられて、罠にはまったようなものだ、お前は綾姉の隙を突いて、その肉体を弄んだだけ……そこに愛なんてない、ない……そうだろうが、馬場ぁああぁっ！」

後輩二人に押さえつけられたまま、それでも懸命に顔を上げ、コウタは馬場を睨みつけて叫ぶ。

馬場は少し感心したような目をコウタに向けた。

「驚いた。思ったよりメンタル強いっつーか。ま、確かに愛はなかったかもな。でもそんなことどうでもよくね？　お前には綾香への愛があって、俺にはなかった。で、最終的に綾香をモノにしたのはどっちだったんだ？」

「くっ……」

「教えといてやるよ、コウタ。カラダだけの関係、そこに愛なんかなくてもな。そんなもの後からいくらでもついてくんだよ」

馬場は後輩達にコウタを放すように言った。コウタが身を起こすと、その鼻面に馬場はスマホを突きつけた。

「正直、ここまで見せる気はなかったんだけどな」

そう言って見せられた画面いっぱいに、綾香の裸身動画があった。

『ぁ……うっ、あー………』

だらしなく半開きになった唇、そこから突き出された舌。

目元は潤んで焦点は定まっていない。美しく黒い長髪は乱れ、限界まで開かれた太腿の付け根には、深々と馬場の陰茎が突き立てられていたのだ。

「ホラ。スッゲー『女』の顔になってんだろ」

「づっ」

「俺のちんぽ根元まで咥え込んでよ、しかも自分で自分のおっぱい揉んで、スゲー気持ちよさそうだろ？　すっかりトロケ切った顔で、もう女そのものって感じだよなぁ～」

がくりとうなだれるコウタの頭上から、馬場はさらに無情な一言を投げかけた。

「綾香にはいい思いさせてもらったよ。子作りの練習台としちゃ、最高にいい女だったぜ。こん時、俺のザーメン三発か四発中出ししてるんだぜ。中出しアクメで気持ちよさそうだろ、ん？」

　コウタはそれきり黙りこくり、さすがに心配した後輩二人に付き添われ、その場を去っていった。

「フン……愛だの恋だの……そんなことばっか言ってっから、おめーはいつまでも童貞のままなんだよ」

　そう呟いた馬場の股間は、あの箱根の夜のことを思い出し、勃起しかけていた。


「うむ、悪くない……いや、実にいいじゃないか桜庭くん」

　しゃっ、しゃっ……高校の美術室で卒業制作の静物画を仕上げていた綾香は、美術顧問の教師にそう言われ、なんとも複雑な笑みを浮かべた。

「特にこの果物がいい。果物でありながら、深みを感じさせる艶が出せている。こう言ってはなんだが、以前のキミとは比べ物にならない。腕を上げたね、何かいい経験でもしたのかな。これなら推薦入学もまったく問題ないだろう」

「はぁ……ありがとうございます」

　絵を褒められるのは嬉しいし、これで大学入試への一歩を確実なものにできるかもしれない。しかし、綾香の胸中は複雑だった。

ロー　ビデオ

（深み、経験……考えられるとすれば、あれしかないんだけど）

美術室に自分一人だということを確認してから、綾香はスマホを取り出して画像を開いた。そこにはあられもない裸身をさらけ出し、いやらしい顔で悶えよがっている自分自身の姿があった。

あの箱根旅行の夜、それも三日目の最後のセックスの時に馬場が撮影した画像だ。もちろん、その一枚だけを自分のスマホに転送させて、後は全部消去させた。だからこれを知っているのは馬場と、綾香だけ……のはずだ。

（前のアタシなら、こんなの絶対に撮らせなかった。でも今は……これを見る度に、身体が、アソコが熱くなる）

あれから馬場には何度か呼び出されている。もうデートの体裁を取る気もなくなったのか、会うと即ホテル。そこでほぼ一晩中ヤリまくりというのがパターンになってきているのだった。

きゅっ、と股が自然に閉じる。するとその奥の花びらがじゅわりと濡れてくるのがわかる。

綾香は筆を取ると、再びカンバスに向かう。自分が何を得て、何を失ってしまったのか、それを確かめるように。それは今までの綾香のタッチとは確かに異なるものであった。

少なくとも綾香が親友の信頼と……そしてあの愛すべき少年を失ってしまったのは確実だろう、そう綾香は思った。


「うっ……」

自分が情けなかった。

大好きな綾姉を弄び、それを自慢げに後輩達にまで見せる馬場が許せない。しかしなにより許せないのは、馬場の言葉になにも言い返せない自分自身だった。

(馬場の言う通りだ。俺は、綾姉が好きだったのになにもしなかった、なにも言えなかった。馬場がいくら綾姉に酷いことをしても、俺に、あいつを責める資格なんてなかったんだ……)

「コウタ? おーい、ダイジョブかあ?」

「……真紀子さん」

「なんか、すっごいうなだれてたからさ」

コウタと同じく学校帰りらしい、真紀子の様子にいつもと変わった様子はない。

しかし今のコウタは知っている。彼女は綾香と箱根旅行に行くと言いながら、実は綾香と馬場が二人で旅行に行っているということを知っていて、それを黙っていたのだ。

つまりは、真紀子も自分を裏切っていたのではないのか。

それがわかっていながら、コウタを気遣うような顔をする真紀子を前に、コウタはついに自分を抑えることができなくなった。

「うっ……う……」

「えっ？　アレ……コウタ？」

「うぅ、うぁあぁっ……あぁあぁ〜〜っ…………」

泣き崩れる少年を、真紀子は思わず抱きとめていた。

「コウタ、ちょ、あんた……」

「あぁあ〜っ、あぁああぁあ〜〜〜…………」

「…………」

泣き続ける少年を為す術もなく見る真紀子は、どんな思いだったのだろう。

コウタにはわからなかった。ただ、いま自分にできるのは、こうして真紀子の胸で泣くことくらいだった。

そんなコウタと真紀子を、離れたところからじっと見つめる馬場がいるとも知らずに。

「ウン……あのコもいいな、ヤリてぇ……」

リアルドリーム文庫193

綾姉
～奪われた幼馴染～

2020年5月3日　初版発行

◎著者　酒《さか》井《い》仁《ひとし》

◎原作　こっとん堂《どう》

◎発行人
岡田英健

◎編集
藤本佳正

◎装丁
マイクロハウス

◎印刷所
図書印刷株式会社

◎発行
株式会社キルタイムコミュニケーション
〒104-0041 東京都中央区新富1-3-7ヨドコウビル
編集部　TEL03-3551-6147／FAX03-3551-6146
販売部　TEL03-3555-3431／FAX03-3551-1208

ISBN978-4-7992-1357-5 C0193

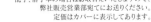